12
内田 健
Takeru Uchida
illustration
Nardack
異世界チート魔術師
マジシャン
Isekai Cheat Magician
凛は杖から左手を離し、グッと握る。
JN054148

闇の精霊シェイドだった。
「面白いことをしているね」

「来い」
悠然と立つレミーアに、
勝てる明確なイメージが作れない。

『ごめんなさい、驚かせてしまって』
海底神殿の試練で
見届け役を務めた精霊だった。
土の精霊ミドガルズ。
風の精霊ブリージア。
氷の精霊アヴァランティナ。

それにもしうまくいけば。
（精霊憑依……）

真横に迫る熊の爪を一瞥(いちべつ)し、
そう念じる。
『氷化……』
防御のための結界か、
凛が氷に包まれた。

Introduction

限界の先へ

水の精霊ウンディーネと契約し、
リヴァイアサンとティアマトの争いを鎮めた太一。
ウンディーネは願いを聞いてくれたお礼として、
好きな報酬を与えたいと告げる。
その申し出に、凛は自身の力の
底上げができないかと質問した。
これまで太一が危険な目に晒された際に
ただ見守ることしかできなかった凛たちは、
一方的に太一に頼らざるを得ない
現状に悩んでいたのだった。
後日、再び海底神殿に訪れた
凛、ミューラ、レミーアの三人は、
ウンディーネの修行を受けることになるのだが、
その方法は――
「皆さんも、精霊と契約をするのです」。
とはいえ、誰もが契約できるのであれば
召喚魔術師は特別視されてなどいないはず。
しかしウンディーネは、凛たちには
精霊と契約できる可能性があると言う。
凛たちはこの難関を突破し、
限界を超えることはできるのか――。

異世界チート魔術師(マジシャン)

12

内田 健

ヒーロー文庫

CONTENTS

異世界チート魔術師（マジシャン）

Isekai Cheat Magician

12

illustration Nardack

イラスト／Nardack
装丁・本文デザイン／5GAS DESIGN STUDIO
校正／有園香苗（東京出版サービスセンター）
DTP／松田修尚（主婦の友社）

この物語は、小説投稿サイト「小説家になろう」で
発表された同名作品に、書籍化にあたって
大幅に加筆修正を加えたフィクションです。
実在の人物・団体等とは関係ありません。

第二十三章　限界を超えるために

第七十三話　望むのは限界突破

ウンディーネ、そしてイルージアからの依頼を無事に完遂し、祝賀会が行われたその翌日昼前。

現在、西村太一（にしむらたいち）は海上上空に浮いていた。

海面からだいたい高さ一〇〇メートルと少しというところだ。この高度を狙ったわけではなく、適当に飛び上がったらその高さになっただけである。

その場所からはるか遠くに、シカトリス皇国の首都プレイナリスが見えた。

太一とプレイナリスの間。ややプレイナリス寄りの海面。

そこには、リヴァイアサンとティアマトが浮かんでいた。

視力を強化していなくても、その二頭の威容はビシビシと伝わってくる。

本来の力を取り戻したからだ。

最初に出会った時と比べれば、はっきり言って力の桁（けた）が違う。

そしてこれから、リヴァイアサンとティアマトが、取り戻した力の試運転を行う。

ただ、力を封印されていた時に発生していた被害を思えば、無造作に撃つわけにもいかない。

なので、その力を向けられても対処できる太一が受けることになったのだ。

この試技は竜のつがいのたっての願いで実現したものだが、太一としても、ウンディーネの力を試す訓練の一環と考えれば渡りに船だ。土のエレメンタル・ノーミードから立て続けに契約をしたため、訓練ができる機会は貴重だった。

リヴァイアサンとティアマトに匹敵する強さを持つ相手は、探してもそうそう見つからない。

「こっちはいつでもいいぞ」

シルフィの力で、声を届けてもらう。

普通の声量で発したら間違いなく届かない距離だが、太一には関係なくどうとでもできる。

まずはティアマトからのようだ。

太一が声を発して数秒後、爆発的に魔力が高まっていく。

ティアマトが島の大部分を消し飛ばした時に込めた魔力は、すでに大幅に超えている。

溜め込まれた力が凝縮され、一気に放たれた。

次の瞬間には太一のもとまで達する。太一は、それを海水の壁で受け止めた。膨大な熱量に海水が勢いよく蒸発する。

厚さ一メートルほどの海水の壁。この壁はもちろん見た目通りではない。

大量の水を圧縮して壁を構築しているからこそ、ティアマトのブレスを一見してただの海水で防ぎ切れているのだ。

これが封印されていない本来の力。

シルフィ、ミィに続き、ウンディーネとも契約して更に力が上がっている。なので負けることはないが、ティアマトの攻撃から感じる圧には、太一も余裕を見せることはできない。

「はっ!」

かなり強めに力を込めて、ティアマトのブレスを上空に向けて弾き飛ばさんとする。

力と力の拮抗(きっこう)。

瞬間、発生したのは衝撃波。

遠くからその様子を観察していたリヴァイアサンの目には、炸裂した空気によって球形に八方に広がる空気の波が見えていた。

ティアマトのブレスは、太一の頭上を越えて彼方に飛んでいき、超高空で強い光を発して消えた。

少ししてから、腹の底を震わせるような轟音が響く。

それを見上げながら、太一はふぅと息をひとつ。

「いやぁ、すんごい威力だなぁ」

その威力に感嘆する。

後ろにそらすように弾いていなければ、爆発の余波でプレイナリスに被害が出ていたとも限らない。

間違っても届かないようにと遠くまで弾き飛ばしたため、プレイナリスに届いたのは光と音のみ。熱や爆風までは届かなかった。

太一は、距離によって減衰した爆風をわずかに感じた程度だった。

戦闘に関わりのない……もっと言えば攻撃用の魔術が身近ではない者には、この威力のほどは分からないだろう。

ただ、軍に属する者、国政に深く関わる者、そして王のイルージアは、それに当てはまらない。

彼らは海岸線から、ティアマト、リヴァイアサンの力試しを視察していたのだ。

北の海が生活に密着しているプレイナリスである。陸よりも狂いやすい距離感なども、ある程度正確に捉えられる。

その視点で見ると、はるか遠くにいる太一が更に遠くまで弾いたにもかかわらず、あれだけ巨大な熱球を作り出すほどの爆発だったのだ。

「あれが、十全の力を取り戻した竜か」

イルージアは搾り出すようにつぶやいた。

リヴァイアサンのように、守護竜になってくれたわけではない。

しかし、何かあれば力を貸そうと言ってくれた竜である。

野心にまみれて徒に戦を仕掛けるなどしなければ、その口約束は守られ続けると踏んでいる。

契約など結んでいないが、イルージアはそう思っていた。

相手がたかが人間だからこそ、一度口にしたことを違えはしないだろう。

「『落葉の魔術師』殿に聞きたい」

「答えられることであれば、なんなりと」

イルージアが、自身の近くにいるように手配したレミーアと凛とミューラ、つまりは海上にいる召喚術師の少年が仲間としている三人。

その少年少女たちの師であり、世界でも指折りの魔術師であるハーフエルフの麗人に問う。

「ティアマトのブレス。あれは、このプレイナリスを吹き飛ばすことができると思うか？」

「この地を真っ平らにしてあまりあるでしょう」

建物を蒸発させるだけでは飽き足らない。全力のブレスを受ければ、首都を築く土台とした丘もろとも存在しなかったことにできる。

それは、ティアマトと同格のリヴァイアサンも同じこと。

続いてリヴァイアサンが放ったのは、水の塊だ。

太一がそれを受け止め、数秒の後に後方へ流していた。

遠目からは何をしているのかは分からないが、太一はリヴァイアサンのブレスを、同じ属性のウンディーネの力を使って力の向きを変えたのだ。

そのブレスは更に遠くにある、荒れ果てた岩山に飛んでいった。

プレイナリスの海岸からは、距離があるゆえにうっすらと見えるだけのその岩山。

生き物は見える限りではおらず、切り立った崖しかなく接岸も出来ない巨大な岩山。その面積はプレイナリスに勝るとも劣らない、という結果が、プレイナリス周辺の海域の調査で分かっている。

益にも害にもならないその岩山が、リヴァイアサンのブレスで粉砕されていた。発生した巨大な波は、ウンディーネの力で鎮められ、プレイナリスまで届くことはなかった。

いかな竜といえども、全力でのブレスは連発できるものではない。しかし、切り札として持つだけでも十分であろう。それに、切り札を切った後でも戦闘の継続が可能だというのだから、さすがは人間などのひとつ上の存在、その最上位に位置するだけはあるというものだ。

全盛期の力が戻っていることが確認できたからか、高まっていたリヴァイアサンとティアマトの魔力が霧散していく。

どうやら、一発ずつの試技で十分だったようだ。

竜の願い、呪い、そして太一とウンディーネの契約。

その全てが解決された結果が、リヴァイアサン、ティアマトの全開試し撃ちだった。

港の高台、波に呑まれない位置。

そこには王族や大臣などの重鎮が、港で一時待機するための施設がある。

海が荒れる兆候が見えたりと様々な事情で一時待機しなければならない時のためのものだ。

待つくらいならば城に戻ればいい。それはもっともな意見だが、王族や貴族というものは、動くにも多大なコストと時間がかかる。ただコートを羽織って路銀を手に取り、着替えを持てば準備が完了するわけではない。

数日間は待たなければならない、という状況でもない限り、例えば一晩くらいならば、その場で待った方が金銭、時間コストの両面から見ても安く上がる事例が多くある。

この施設は、主にそういう時に活躍する。

それ以外にも、プレイナリスに陸路ではなく船で訪れた他国からの使者が、登城前に長旅の疲れを軽減するために利用することもしばしばあった。

施設には、館が二棟ある。

一棟は貴族などが待機する館。

もう一棟は、王族が使用する館だ。

今回はイルージアがいるため、使われるのは王族専用の館だ。

当然ながら、建物の外観から内装までが、貴族用の館よりも上のランクである。

ここを使うことになったのは、暖と軽食を所望したイルージアの思いつきで、深い意味はなかった。

「うむ。彼らの本来の力はすさまじいな。正直、これほどとは思わなんだ」

その館の応接室。

出された温かい茶で冷えた身体に熱を入れたイルージアが、先の試技の感想を述べた。

竜が自分たちを守護してくれるという現実と、失政が過ぎその牙(きば)が向けられればひとたまりもないという事実。

それでもなお、共に歩むと決めたのはイルージアであり、彼らの厚意に甘えるつもりはさらさらない。

味方である頼もしさと畏怖(いふ)、そして恐怖といった感情を、一言に全て込めたイルージアである。

主君の言葉に同意する臣下と、少しの間感想を述べ合う。

それから、運ばれてきた食事で軽く腹を満たした。

「……して、予に話があるのだったな?」

そう、イルージアが切り出した。

この場にいるのは、彼女と、彼女が重用している臣下たち。

そしてもちろん、太一、凛、ミューラ、レミーアである。

「私たちは何も聞いておりません。知っているのは、こやつのみです」

イルージアにそう答えながら、レミーアは太一を見る。

話は任せた、という視線を受けてうなずいた太一は、まず始めに例の短剣をテーブルの上に置いた。

武器としては悪くなさそうだが、どうにも無骨な飾り気のない一品。

まさか献上品ではあるまい。一瞬ではあるがそう勘ぐったのはイルージアの臣下の一部だ。

しかし、彼らの主君はそうは思わなかった。

「ふむ……その短剣に、どんな意味がある?」

「これは、古竜から預かったものです」

特に前置きなくそう告げた太一に、イルージアは束の間目をしばたたかせた。

「古竜、だと？」

問い返されたので、うなずく。

太一の目からは嘘は感じられない。

イルージアは太一の言葉を本当だと判断した。

しかし、かといって素直に受け入れられるかと言えば否だ。

凛、ミューラ、レミーアは、イルージアからの視線を受けて全員否定する。

そのはずだ。太一は、この短剣のことを誰にも話していなかったのだから。先程レミーアが告げた通りである。

「そなたの仲間にも知らせなんだか」

「そうですね。共有しませんでした」

「なぜだ？」

仲間への共有くらいはしておいてもよかったのではないか。イルージアは純粋にそう思った。ゆえの質問である。

「古竜に止められたんです。色々と情報がある、けれど今抱えている荷物は軽くないから、まずはそれを何とかしろって」

「ふむ。お前が言われたのは、余計なことに気を取られずに目の前のことに集中しろ、だな？」

レミーアが確認すると、太一はうなずいた。

確かに、ウンディーネの封印解除と、ティアマトおよびリヴァイアサンの呪い解除は、タスクとしては間違っても軽いとは言えない。

簡単な仕事なわけもなく、まずそれに集中しろというのは当然の理屈である。

レミーアとて、重たい手順が続く仕事の最中に、古竜の話など聞いた日には思考がそちらに持って行かれるのを避けられない。

それは実働部隊として動いた凜とミューラも同様だ。レミーアよりも余裕が持てなかった二人からすれば、追加で盛られると厳しいものがあった。

その話を聞かされたイルージアも、即座に報告すべき事案なのは間違いないとは思った。しかし、かといって両手で抱える荷物の上に更に荷物を載せられるのも勘弁願いたいところなのも本音である。

重要な案件を同時進行でこなすのは国政の常だ。

しかし、ひとつひとつ着実に片付けていくのももちろん正しい。

ここは、古竜が言ったとされる「荷物を片付けてからにするように」という配慮をありがたく受け取っておくべきだろう。

「これをリヴァイアサンとティアマトに見せれば、古竜が姿を見せるらしい」

太一は、横で不思議そうに短剣を見ていた凛に説明をしていた。

「リヴァイアサンとティアマトは、古竜のことを知っているのかしらね?」

「そうだと思うぞ」

確認をしたわけではない。

しかし確かに古竜からは「リヴァイアサンとティアマトに見せるといい」と言われている。

リヴァイアサンとティアマトがその短剣を見て古竜を連想できる状態でなければ、そんなことを告げてこないだろう。

「では、まずはそれを見せてみるとしよう。話はそれからであろう」

イルージアはそう言うと立ち上がる。

太一はその言葉が欲しかった。

リヴァイアサン、そしてティアマトに会うのに、イルージアの許可または同行は、面倒を避けるためには必須である。

イルージアに直接招き入れられてはいるが、だからといってえさを与えてやる必要はない。

イルージアを筆頭に、国の上層部は太一たちを歓迎している。

しかしそれが男爵や子爵のレベルまで完全に浸透している、という幻想を抱いてはいない。

要は、自衛の範疇である。

「では行くぞ。リヴァイアサンらはまだおるな」

窓の向こう、竜たちはだいぶ離れてはいるが、まだ目視可能な位置を移動している。

彼らの気配察知能力ならばすぐに気付いてもらえるだろう。

◇◆◇◆◇◆◇◆

海上を進んでいたリヴァイアサンとティアマトが振り返って陸に目を向けたのは、イルージアが港に戻ってきたことに気付いたからだった。

イルージアにしては少なめの従者たちを引き連れて、ゆっくりと歩いている。

コートの下からわずかにのぞくドレスのスカートはかなり長いが、イルージアの洗練され尽くした所作によって裾を地面にこすることが全くない。

少し後ろを歩いていた凛は、これまで見逃していたそのことに目を向け、感嘆していた。

王族というのは、民衆の目にさらされるのも仕事のひとつなので、イルージアにとっては特別なことではないのだろう。

長年のキャリアと王族としての自覚、というやつだろうか。

理屈や知識では理解できても、その立場にはいないため本当のことは分からない凛だった。

となりのミューラは寒さに少し震えていた。四人が用立てたコートのなかでは一番厚手のものを着ているが、元から寒さが苦手なので払拭などできないのだろう。

凛も寒いのは間違いないが、ミューラほどに辛いとは思わない。日本ではよくダッフルコートやダウンジャケットを愛用していたが、この魔物の毛皮で作られた防寒着はそれらより暖かいのも理由のひとつだ。

レミーアと太一はいつも通り。凛も別に震えたりはしていないので、パーティのなかで寒さに参っているのはミューラだけだった。

周囲を横目で観察していると、ティアマトとリヴァイアサンの気配がすぐそばまで来ていた。

改めてそちらに意識を向ける。

動きを止めた二頭が、その頭をややもたげたところだった。

『どうしたのだ。何ぞあったのか？』

不思議そうな問いかけ。

その通りだ。

彼らつがいからしてみれば自分たちの実力の確認および披露は済んだのだ。

ゆっくり移動していたのは、単に他に影響をなるべく与えないようにするため。

まあ、そのおかげで、イルージアたちの気配に気付いたのだが。

「うむ。済まぬな。実は、そなたらに見て欲しいものが出てきたのだ」

『ほう？』

返ってきたのは興味深そうな声。

見せたいものとは何か。

これでも竜は、人から見れば永遠に等しい時を生きる。

それゆえに、大体のものは見てきた。無機物から生き物、そして歴史も。

実は、竜の興味を引けるものは世の中には多くないのが実情である。

それでも、竜たちは期待しているようだった。

『して、見せたいものとはなんだ？』

イルージアはうなずくと、太一の方を見た。

その目配せを受けて一歩リヴァイアサン、ティアマトの方に踏み出すと、懐から短剣を取り出し、二頭の竜に向けてかざした。

『これは……』

『なるほどな。そういうことか』

彼らが目を見開いたのを見て、間違いないと理解する。

太一から説明を受けたのは、あの短剣をリヴァイアサンとティアマトに見せれば、古竜が姿を見せる、ということだ。

二頭のリアクションを見れば、太一が古竜に言われたという言葉は間違いではなさそうだと、凛は思う。

「ああ。見せれば良い、とだけ言われた」

太一の言葉を、二頭の竜は肯定した。

『うむ。それを見れば、我らに求められていることは自ずと分かる』

『地面に置くがいい』

言われた通り、太一が短剣を地面に置いて、一歩下がったところで、何かに気付いたように振り返る。

太一は、イルージアを見ていた。

「この場で、構わないんですか？」

ここは、先日イルージアに案内された、リヴァイアサンとの邂逅(かいこう)のための場ではない。

要は、人の目があるということだ。

更に竜がもう一頭。イルージアがここにいることで危険とは思われないだろうが、騒ぎにはなる。

イルージアはどう答えるのか……いや、答えは決まっていると予想をつけて、凛は目を向ける。

その予想通り、イルージアに悩んでいる様子はなかった。

「構わぬ。やっていただこう」

イルージアの答えは明快だった。

それから数秒後、リヴァイアサンとティアマトの魔力が高まる。

自分に向けられているわけではないことが分かっていても、凛は自分の顔が引きつりそうになるのを自覚していた。

高められた竜二頭の魔力が、太一が置いた短剣に注がれていく。

短剣はやがて明滅するように、小さな光を発し始めた。

無骨な短剣は、やはりただの短剣ではなかった。普通の短剣は、魔力を通されても光ったりはしない。

竜が魔力を注いでいた時間は、実際にはわずかなものだった。

『これで終わりだ』

『後は待つと良い』

高めた魔力をしずめ、竜たちはそう言った。

「ふむ……この場で待てば良いのか？」

何も変化がないことに、イルージアはわずかに首をひねる。

『そうだ。じきに来られるであろう』

『何、その短剣が少年に渡された経緯を推察すれば、待たせることもなかろうよ』

果たして、その言葉はその通りだった。

「……来た」

太一は、覚えのある気配を感じて上空を向いた。

太一個人の気配察知が届いたわけではない。大きさと空気の揺らぎ方で判断したのだ。

雲の合間からドラゴンが降下してきていた。

背中の左右に、巨大な二対の翼。

全体的にスリムであるからか、シャープさを感じさせる。

ただし、まとう濃密な魔力が、存在としての強大さをこれでもかと物語っていた。

頭部はそこまで大きくはない。二本足で立てるであろう後ろ足は太くたくましく、前腕はやや細いものの、爪は鋭い。

その大きさは意外にも、ツインヘッドドラゴンよりも二回りは小さいと、凛は思った。

『さて、邪魔するぞ』

竜はイルージア一行とリヴァイアサンおよびティアマトの間、その上空で静止すると、居並ぶ面々に向けてそう言った。

『久しぶりである。エンシェントドラゴン殿』

『幾百年ぶりか』

『久しいな。お前たちにまとわりついていた邪の気配もすっかり消えておるな』

『うむ。彼らに尽力してもらったおかげである』

『久方ぶりに、頭の中がすっきりしたとも』

リヴァイアサンとティアマトの言葉を受け、古竜――エンシェントドラゴン――は、改めて太一をはじめとして集まっている人間たちを見やった。

『我が同胞への助力、感謝するぞ』

しかし、不思議と威圧感はリヴァイアサンやティアマトよりも圧倒的に少ない。

不思議なものだった。

「約束は、果たさせてもらったぞ」

『分かっているとも。私が知っていることを話させてもらおう。しかし、その前に……』

古竜はイルージアを見やった。

『そこな娘は、この国主だな？』

「ああ、うむ……お初にお目にかかる」

古竜という存在に驚きを隠せなかったイルージアだったが、立て直すのも速かった。

『うむ。これから私がする話は、余人に聞かせて良いものではない』

「あい分かった。人払いをせよ。この場に、民を近寄らせるな」

「はっ！」

イルージアの命令を受けて、護衛していた騎士のうち半数ほどが散っていった。

（太一だったら、多分音が届かないように出来るけど……）

親切心から申し出ても良かった。けれどもそうしなかったのは、しゃしゃり出ないためだ。

王や皇帝といった人物から歓待されるからこそ、出過ぎると目をつけられる。

城内では、決して好意的な視線ばかりを向けられてきたわけではない。

世の中には、人気や人望がある者を嫌ったり、権力者と懇意になることを取り入ったとみて嫌う者がいるのだ。

『さて……では、話をするとしようか』

騎士が人払いを開始した以上、この場に一般人が近づくことはできない。

もっとも、巨大なドラゴンが三頭揃うこの場所に、近づこうと思う一般人はいるまい。

そして、次の言葉には、凛も驚かざるをえなかった。

『リヴァイアサンとティアマトにかけられた呪術は、この者らの眷属の竜を経たものだ』

「な、に……？」

イルージアは目を見開いていた。

リヴァイアサンとティアマトに至っては、声も出せないようだ。

ふと、空中に水が渦を巻いた。見れば、太一が魔力を込めていた。

現われたのは、ウンディーネ。実体化を請われたのだろう。

「お久しぶりですね、旧き友よ」

『おお、ウンディーネ殿』

「そのお話は、ワタクシも捨て置けるものではございません。詳しく聞かせていただけますか？」

『無論であるとも。では、順序立てて話をするとしようか』

古竜はウンディーネの飛び入り参加を快く受け入れた。

どうやら両者には知己があったようである。

『長話では頭に入るまいから、手短にしよう。色々と聞きたいことも出てこようが、まずは私の話を聞くが良い』

そう告げると、要点をかいつまんだ説明を古竜は開始する。

余分な脚色のない説明は分かりやすい。もっとも、聞き逃してもどうにかなるような遊び・びがないので、それはそれで聞くのも大変ではあったが。

凛は神経をとがらせて古竜の言葉に耳を傾ける。

結果、得られたのは次のようなことだった。

リヴァイアサンとティアマトの眷属（けんぞく）には、現在呪いがかけられている。

呪いをかけたのは、この世界の住人ではないと思われる。

そう判断したのは、その呪いはこの世界で見た術式とは体系が違うため。幾千幾万と季節の移り変わりを見てきた古竜が一度も見たことがないことから、確証はないが大きく外れてはいないだろうと。

とはいえ、さすがに海を司る竜と三つ首竜の眷属が相手のためたやすくはないようで、常時多数の呪術師で呪いをかけ続けてギリギリ維持している状態のようだ。

古竜の見立てでは、眷属にかけられている呪いを解除するには『竜の秘薬』があればいいという。

『竜の秘薬』とは、名前の通り竜にのみ作用する特効薬。

リヴァイアサン、ティアマトも知らなかったことから、これは秘術中の秘術の模様。

そして、眷属に呪いをかけられていることをウンディーネが知らなかった点について。

これについても古竜の推理になった。曰くウンディーネはエレメンタルであるため、隠し通すのは簡単なことではない。ウンディーネへの対応に全神経を注いだ結果、見事逃げおおせることに成功した。その代償に、第三者への注意が散漫になり、ゆえに古竜に露呈することになった。

古竜はこれについて、ウンディーネから逃れ得ただけでも賞賛されるべきであり、それ以外への注意が散漫になるのはむしろ当然とのことだった。

それは契約している太一も古竜に同意した。四大精霊から逃げるなど、全てのリソースを注ぎ込んで成功するかは未知数だと断言した。

呪術師たちが儀式をしていたのは、この大陸から更に北。絶海の孤島だという。

眷属の竜はそこにはいなかったことから、恐らくはその眷属の宝玉を呪術の媒体にしていると予測したようだ。

ここに来る前に再度同じ北の島を探ったところ、呪術師たちがいなくなっていたことから、既に拠点を移していると思われる、と、古竜は話を締めくくった。

今の話を聞けば、自分たちにお鉢が回ってくることは容易に想像できる。

（……うーん）

凛は、一筋縄では行かなそうだと感じていた。

例えばかつて対峙したスソラやダゴウといった強敵は、それぞれタイプは違ったもののある意味で分かりやすく、歯車をかみ合わせて戦うのに苦労はしなかった。

しかし、これから戦うであろう敵は、古竜も見たことのない術式を行使する相手。それも、呪術という名前からして、搦(から)め手を使ってくるだろう。

真正面から来ない、かわしてくるような相手が苦手というわけではない。テニスだって、するりするりと受け流すような試合運びをする選手がいる。けれども、この世界に来た凛には、そういった相手との戦闘経験が少なかった。

スポーツならば、別に負けたところで死ぬことはない。しかし戦闘は、負ければ死につながる。苦手な相手と試合して、どうすれば克服できるかを模索して……と悠長なことをしている暇はない。

戦ったことがないタイプの相手というのは、いつでも緊張する。

呪術師のことを知っているわけではない。けれども、凛の勝負勘は、そう外れてはいないと訴えている。

そういう相手に取れる手段は主に二つ。対策を練っていくか、あるいは地力で大幅に上回るかだ。凛は首を左右に振る。前者はともかく、後者は相手が搦め手に及ぶ暇がないほどに凛が上回らなければ実現不可能だ。

そんなことを凛が頭の片隅で考えていられたのは、古竜の話がこれで一区切りしたからだった。

『さて、話は以上だ。何か聞きたいことは？』

『いつの間に、我らの眷属に手を出したのだ？』

『さて、それは分からぬ。しかし件の眷属が姿を見せぬことに、その方らは今の今まで違和感を覚えなんだろう？　呪いのせいで判断力、思考力が鈍っていたと考えるのが妥当だろうよ』

『むう……』

反論が浮かばず、ティアマトはうなるのみだ。

眷属とは、魔力的なつながりが存在する。そこをたどられて呪術をかけられたと推察できた。

『しかし、ワタクシが気付かないとは……確かに力は落ちていましたが、不覚としか言いようがありませんね』

やや気落ちしているウンディーネ。

『ウンディーネ殿をはじめとしてエレメンタルへの対策を真っ先に行ったのであろうな。そのせいかおかげか、私には筒抜けに近い状態であった。多方面を考慮した半端な対策では、精霊王の目をかわせず確実に露呈する。ならば、他を捨てても精霊王にのみ対策を行う。連中としても苦渋の選択だったはずだが、理にかなってもいる』

ウンディーネを、古竜がフォローした。

「……では、古竜殿に尋ねたい」

イルージアが前に出る。

「リヴァイアサンとティアマトは呪いが再発する可能性も捨てきれぬ、という話だが、具体的にはどの程度猶予があると見ている？」

『そうさな……推測で良ければ話をするが』

推測で。つまり、しっかりとした根拠がある話ではない、ということだ。

「承知しているとも」

『しばらく……数年程度では何かが変わることはなかろう』

「では、今日明日にすぐ何かが起こることはなさそうだ、という認識で良いのだな？」

『それで良かろう。件の呪術師がどれほど優れていようと、人の身で竜に影響を及ぼすには、時間をかけるしかあるまい』

一見、慢心に見える。

凛は素直にそう思った。

しかし同時に、竜の生き物としての格を思い出していた。

竜は、人間など生あるモノよりも存在の格が一段階上。存在の格が違うということは、シンプルに力の次元が違うということ。

それらに人間が小細工するなど、どれだけの準備をしてどれだけの期間を要するのか想像も出来ない。

文字通り桁違いの力を持っていた太一でさえ、精霊と契約する前はツインヘッドドラゴンにあしらわれていた。

今の太一がドラゴンに勝てるのは、竜よりも更に一段階存在の格が上である精霊、その王と契約しているからだ。

むしろ、呪術師たちが眷属とはいえ竜に呪いをかけることに成功したのは、偉業といってもいいのではないだろうか。

『かといって、放置する手はあるまい？』

「無論だ。我が国も出来うる限り支援させてもらうとも」

シカトリス皇国として、リヴァイアサンとティアマトの眷属の呪い解除に協力する。

そう二つ返事で答えたイルージアに、竜たちが感謝を表明する。

まずは、その呪術師がどこにいるか。

それを突き止めるところからだ。

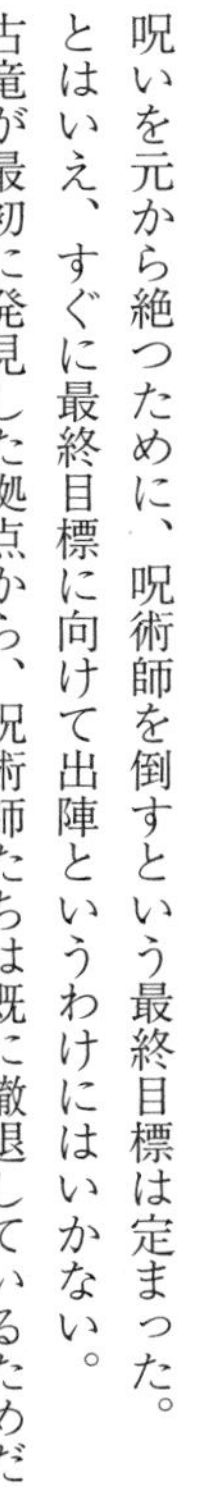

呪いを元から絶つために、呪術師を倒すという最終目標は定まった。

とはいえ、すぐに最終目標に向けて出陣というわけにはいかない。

古竜が最初に発見した拠点から、呪術師たちは既に撤退しているためだ。

人海戦術で探すのは手段としては現実的ではない。莫大な資源と時間を要する。資源というのは、物的資源と人的資源の、両方である。船を使うのだから効率も良くはない。

リヴァイアサンとティアマトを動かすのも悪手。存在感が巨大すぎるため、探っていることが丸わかりだ。相手だって当然、なんらかの手段で索敵をしているだろうから、見つける前に逃げられる可能性がある。

同様の理由でエレメンタルに探ってもらうのも具合が悪い。相手はエレメンタル対策を施し、精霊から完全に隠れ仰せたほどの相手。今も精霊を警戒していて当然と考えるべき、という論は納得できるものだった。

古竜が提示したのは、己が探すということ。遠見の技があるので拠点から動かずに探すことができる、とは古竜の弁。時間はかかるかもしれないが、最もリスクが低いとも言える。

幸い、呪いの術はすぐには再発しない。

時間というコストが、今は一番払いやすかった。

もう一つ、これも当然だが、恐らく遠征になるため、皇国にも準備の時間が必要ということだ。

もちろん、即座に軍を編成して出兵することは可能だ。

ただし、それを実践する状況は宣戦布告なしで突如侵略を受けた場合に限られる。

国民からの半強制的な徴発を伴うからだ。

国土と国民を奪われないため、という大義名分がなければ行えないことだ。

無論、国は上から下まで満遍なく困窮し、物的資源も人的資源も多くを失う。立て直すのも一苦労では済まない。

遠征の準備をじっくりと行いたいというのは、イルージアとしては当然の結論だった。よって今は出来ることから行うのが最善だ。

「水のエレメンタル・ウンディーネの報酬か……どのようなものになるのだろうな」

ミューラの隣で、目の前に並べた物を鞄に詰め込んでいたレミーアがつぶやいた。

現在、太一たち一行は泊まり込みの準備を行っていた。

ここでも、太一、凛ミューラレミーアで二手に分かれる。

太一は、呪術師たちが使っていた北の拠点の調査。

空を飛んでいける太一が最も速いので、ここでも適役だ。というより太一しかいない。実質一択だ。

一方、凛ミューラレミーアは、自分たちの力の底上げである。

なぜそうなったか。ミューラは、昨日夜の出来事を思い出した。

古竜の話が終わってからは、一度解散することになった。作戦を実行するまでには少々

の期間が空くからだ。

太一たちも、城ではなく、借りていた屋敷へ戻る。

「あー、ここに戻ったの久々な気がする」

「分かる、その気持ち」

顔を見合わせる太一と凛である。

実際には数日と明けていないのだが。

目まぐるしい出来事が目白押しだったためか、そんな感想が口をついた。

「さ。まずは家のことを簡単に片付けちゃうわよ?」

荷物をソファに置いたミューラが、腕をまくった。

「そうだね」

「腰を落ち着けちゃうと、動きたくなくなるもんな」

一度座りたいと思っていた太一と凛だったが、ミューラの言葉に自制する。

「家のことは任せる。私は買い出しをしてくるとしよう」

レミーアは夕食の買い出しである。もう夕方にさしかかろうとしていた。動くならすぐに、だ。

荷物を置いて現金だけ持ったレミーアを見送り、家に残った三人は簡単な掃除などの細々とした家事や、クロの世話を行う。

レミーアの帰宅は、そう時間がかからなかった。まだ太一も凛もミューラも、作業中である。

簡単に作れて腹が膨れる料理ということで、シカトリス皇国の郷土料理の真似事をするとのことだった。

寒い地域にある国だけあって、家庭料理は温かいものが多い。

レミーアが選んだのは、小麦粉を固めたものと野菜をスープで煮込み、焼いたりあぶったりした肉を放り込んだもので、コライネーソという料理名だ。

簡単に作れる上、腹持ちもいい。

太一と凛はすいとんのようなもの、という認識である。

凛の家では、料理を考えるのが面倒になった母親が、休日の昼食などに時折出していた料理だ。簡単に作れるため料理が得意ではない凛も、家に自分だけの時は作ったこともあった。

どこの家庭でも頻繁に食卓に並ぶことから、小麦粉を固めるためのタネも安価に手に入れることが出来た。

どの食事処でも必ずメニューにあるだけはある。

スープの味はそれぞれの家で味噌汁やカレーの味が違うのと同じように、家庭ごとに異なる。大体のスープに合うのも、お手軽さの理由だ。

腕のいいレミーアが作ったコライネーソは、この国を拠点にしていないため自分たちにも合うよう簡単にアレンジがなされ、実に食べやすい。

見た目以上に満足感がある夕食に舌鼓。

長いこと共同生活を送っていることで、三人の好みをつかんでいるレミーアのアレンジは、見事にツボを突いたのだ。

夕食を摂って一息ついているところで。

ウンディーネの願いを聞き届けた太一が、水の精霊王をリビングに顕現させた。

「ありがとうございます」

姿を現わしたウンディーネは、太一に礼を言う。

そして、己の姿が太一以外にも見えていることに、ウンディーネは感慨深そうな表情を浮かべた。

「見えないことが当然でしたから、不思議な気分ですね」

「まあ、そうだよな」

人に姿を見られるという経験は、ウンディーネに限らず桁(けた)の違う時間を過ごしている彼女たちでさえも初めての体験なのだ。

ミィについては「早く契約に来て欲しかった」と思っていたようだし、シルフィに至っては契約のために太一の周囲になるべくいるようにしていたくらいだ。

「それで、俺たちに用事があるんだろ？」

「ええ。正確には、彼女たちに、です」

「ああ……あん時言ってたことか」

「その通りです」

太一と話をしていたウンディーネが、すっと向き直った。

凛、ミューラ、レミーアの方に。

「さて。以前お三方には、海底神殿の試練を突破した暁(あかつき)には、報酬を用意していると言いましたね」

「ああ……覚えている。内容については皆目見当もつかぬがな」

見当もつかぬ、のところで肩をすくめたレミーア。

四大精霊の一人に名前を連ねるウンディーネだ。例えば彼女が長い年月の中でみつけた財宝であったとしても、人間の社会では次元の違う価値があるのは間違いない。

「ワタクシから提示しても良いのですが……」

ウンディーネは髪を耳にかけながら言う。

「それですと、物になります。人間からすれば、なかなかの宝物(ほうもつ)となるのは間違いないでしょう」

もしもそれを売却した場合、いったいいくら手に入るのか。

エレメンタルの言う「なかなか」が、人間にとっても同様に「なかなか」となるとは思えない。

三大大国でさえ手に余るかもしれない。

「……しかし、今必要なものが富であるかどうか、ワタクシには判別がつきません」

ですので、と言いつつ、人差し指を立てるウンディーネ。

「ワタクシに要求をしてみてはいかがでしょう。何でも叶えられる、とは申せませんが、せっかくの報酬です。ワタクシも、あなたがたが今一番必要とするものを提供したい」

「要求……？」

ミューラが目を見開いた。

ウンディーネは微笑みを浮かべたままうなずく。

四大精霊に要求など。

召喚術師で、かつ契約をしている太一ならばいざ知らず。

無意識に助け船を求めたのか、そのまま目線を太一にずらすミューラ。しかし、これについて太一は我関せずのようで、ミューラの視線には気付いていてもリアクションは起こさない。

つまり自分たちで考えろ、ということだ。

まあ、納得のいく話だ。報酬を受け取るのは太一ではない。太一は、ウンディーネとの契約という金に換算できない報酬を既に受け取っている立場だ。

ミューラは続いて、凛の方を見た。

何となくの視線移動だったが、そこで目がとまる。

凛は口元を左手で覆い、何やら真剣な表情で考え込んでいたからだ。

見れば、レミーアも凛の方に視線を向けている。

他者の視線に鈍感ではない凛が、二人から見られていてもまったく気付くことがない。

どうやら、思考に没頭しているようだ。

ひとまずミューラは凛の考えがまとまるのを待つことにした。何となく、その方がいい気がしたのだ。

レミーアも同様の結果に至ったのか、ミューラの視線が向くと同時にうなずく。

太一は相変わらず、お茶をゆっくりと飲んでいる。

ふと気になったのか、レミーアが尋ねた。

「お前は、何か知っているか？　タイチ」

「いや。これに関しては、ウンディーネに委ねてくれって言われてるから、俺は何も聞かないことにしてた」

「そうか……」

太一も何も知らないようだ。

実際に凛が考え込んでいたのは、数分にも満たない時間。

しかし、リビングには静寂がたたえられていたため、体感ではかなりの時間が経過したように感じられた。

やがて。

凛がふと、顔を上げる。

「あの……っ」

やや驚きを表したのは太一である。

凛が、かなり切羽詰まったような態度を見せたからだ。

「考えはまとまりましたか？」

「は、はい」

ウンディーネに問いかけられ、うなずく凛。

そして一瞬躊躇(ちゅうちょ)した様子を見せた後、意を決してウンディーネの視線を正面から受け止め、口を開く。

「私たちの力の上限が上がる方法は、ありませんか？」

「……」

その言葉を受けても、ウンディーネの表情は変わらない。

そして、ミューラとレミーアが、凛をとがめる様子もない。

思わぬ沈黙の間に、思わず唾を飲み込むような様子を見せる凜。

しかし、それはすぐに収まった。

「ふふ……やはり、欲しいものはあるかと素直に聞くのは大事ですね」

ウンディーネは幾分か微笑みを柔らかくしながら言う。

「ええ、可能性は、ございますよ」

それは思わぬ糸口。

そう、シカトリス皇国に来る前から抱いていた、自分たちが太一の足かせになっていること、その解決の可能性の糸口だった。

ウンディーネから言われたのは、太一を除いた三人で海底神殿に来て欲しい、ということ。
その際、ある程度日数が経過する前提で考えるよう言われたため、こうして準備しているのだ。
もっともそれは、ウンディーネが言う「可能性」に挑戦すると決めた際に必要になる準備ではあるのだが。

けれども、特段に決意は必要ないと、ミューラは思う。

（実際に必要になるのは、決意じゃなくて、覚悟……）

何をするのかは分からない。

恐らくは、命までは取られない、と思う。

ウンディーネには、太一の仲間であると認識してもらっている。

ただ、だ。

凛がウンディーネに問うたこと。

それは平たく言えば、自分の限界を超えるということだ。

魔力量、魔力強度は、個々人で上限が決まっているというのは、魔術師の間では常識だ。

自分が持つ才能の範囲内でやりくりするのが当たり前である。

もちろん、魔力量、魔力強度の値が大きい方がいいのは間違いない。

しかし、才能があっても持て余している者に、才能では劣っていてもきちんと努力をして魔力を操れるようになった者が勝つことは、別に珍しい出来事でもない。

（そもそも、才能を一〇〇パーセント余すことなく使い切れる魔術師は、過去から今現在に至るまで一人として現われたことがないと言われているんだったわね）

凛やミューラよりもはるかに卓越した魔力操作の技量を持つレミーアさえも、自分の全ての才能を使い切っているわけではない。

だからこそ、レミーアには今も魔力操作の鍛錬は欠かさぬようにと言われ続けている。

（つまり……才能の面での上限突破は、普通は不可能。でも、リンは限界突破をウンディーネに願い、ウンディーネは可能性があると言った……）

ウンディーネとの話し合いが終わり、彼女の顕現が解かれてから少しして。

はっと我に返った凛が勝手に話を進めた、とミューラとレミーアに謝罪した。

確かに彼女の独断専行ではある。

ただ。

それを、ミューラは止めなかった。

もっと言えば、レミーアも同様だ。

限界を超えるというのは、普通に考えれば不可能であるのは間違いない。

シカトリス皇国に来る前、レミーアが「尋常ならざる道」と評したのは誇張でもなんでもないのだ。

（それは、普通なら、常識なら、なのよね）

そう、凛、ミューラ、レミーアには、普通ではないアドバンテージがある。

言うまでもない。ウンディーネを始めとした、精霊と直に会話できることだ。

人間では無理でも、精霊ならどうか。

そう思ったからこそ、ミューラもレミーアも止めなかったのだ。

今がまさに、チャンスが転がり込んできた時。

出来るか出来ないかは、やってみてから考えてもいい。

確実に限界を超えられるとは限らないが、エレメンタルの一柱が「可能性はある」と言ったのだ。

飛びつくなら、今である。

自分たちが足を引っ張らないために。

太一と肩を並べるほど、などと贅沢は言わない。

太一が自分たちを守りながら戦う。

そのステージから、卒業出来ればいい。

（同時に、人間卒業、にもなるなんて、皮肉なものだわ）

苦笑する。

太一の桁外れの力を、人間卒業だ、とからかっていた時期が懐かしい、とミューラはふと思った。

気付けば、荷造りは終わっていた。

荷物を持ってリビングに向かうと、既に全員準備を終えていたらしい。ミューラが最後のようだ。

「ごめんなさい、待たせてしまったかしら」

「ううん。皆同じようなタイミングだったから」

凛が言う。

ここからは、太一は別行動だ。

凛、ミューラ、レミーアは海底神殿に向かう。

昨晩の時点で、既に城への連絡は済んでいる。

意外や意外、返事はすぐにきた。問題ない、協力を惜しまない、と。

「じゃあ、がんばれよ」

「うん、太一もね」

こつん、と拳を突き合わせる二人を、ミューラは眺める。

お互い今後を見据えて成すべきことを成すために動く。特別じゃない、いつものことだ。

ただ、太一と凛のこの行動に、言葉にされなかった幾つかの想いを、ミューラはなんとなく察した。

歩き去って行く太一の背中を玄関先で見送り、三人は城へと向かった。

　空を飛んでいる太一は、顔に当たった陽光を和らげるため、手で庇を作った。

　基本的に曇っていることが多い春手前のシカトリス皇国だが、この日は雲が少なく青い空が多く見えていた。

　日差しがある分、気温自体は多少上がっているのだが、体感温度はそこまで変わらない。

　昨日までより強い風が吹いているからだ。

　まあ、太一は身体の周りの温度を調整しているので問題はない。

　距離的には大したことはないので、しばらくすれば到着出来るだろう。

　海の上を進むとかなりの距離を感じるだろうが、空を飛ぶならばたいした距離にはならない。

　空を飛びながら、太一は古竜にぶつけた質問の答えを思い出していた。イルージアが協力を承諾した後も続いた話し合いの一幕である。

　質問というのは、呪術師を見つけた時点で、古竜がなぜ解決しなかったのか、だ。

　それについて古竜は、解呪を行うため『竜の秘薬』を作る必要があるのが主な理由だと語った。

（製薬にはかなり時間がかかる、って言ってたな）

呪術師を排除しても、中継地点として利用されるまでに呪いに冒されていては、自力での解除は不可能。

あそこまで呪いが進行していれば、呪術師を排除しても呪いは更に悪化の一途をたどると古竜は言った。

リヴァイアサン、ティアマトのように竜としてずば抜けた力があるわけでもないならばなおさら。

パスがリヴァイアサンとティアマトにつながっている以上、速やかな解呪は必須。解呪には竜に起きた異常を治療する『竜の秘薬』が必要とのことだった。

その薬を精製出来るのは古竜と呼ばれる竜だけで、更には、「さて作ろう。はい完成」とはいかず、かなりの時間を製薬に要するとも。

古竜が薬を作り始めたのは、太一たちがシカトリス皇国に向けて出発する前。

なるほど、確かにかなりの時間を要するもののようだ。

（しかも、その薬は作り置きしておけないってんだから厄介なシロモノだよな。まあ、竜に効くような状態異常を治せるんだから当然か）

外傷に対して自己治癒力を促進させる魔法回復薬とは、何もかもが違う。

なればこそ、古竜という高い格の竜が、時間をかけなければならないのだろう。

そして主でない理由としては、古竜の燃費が悪いことが挙げられた。

非常に強い力を持つ古竜は、言ってみればターボがついていて馬力とトルクは素晴らしいものの、ガソリン垂れ流しで燃費が最悪なクルマのような存在だ。

空を飛んで速すぎないスピードで移動する程度ならば問題ないが、これが戦闘行為となれば、体内の魔力をすさまじい勢いで消耗する。魔力保有量も尋常ではないが、それを湯水のように使って戦う。

古竜が戦った場合、呪術師を排除した後、『竜の秘薬』を製薬出来るようになるまで回復するのに相応の時間がかかり、そうすると着手が遅れる。

解呪完了するまで放置された呪いがどんな作用を起こすか、どんな仕掛けが施されているか分からない以上、そんな悠長なことをするのはリスクが高すぎると古竜は言った。

（かといって、呪いをかけられた竜を殺せば解決するわけじゃないんだもんなぁ）

リヴァイアサンとティアマトの眷属なので気が引けるが、最終手段として呪われた眷属竜を殺すことも一度は検討された。

しかし、古竜の見立てでは、それをすると竜が溜め込んだ呪いが世界に拡散するという。仮にも竜だ。その器に溜め込まれた呪いが拡散したら、どんな被害が出るか分かったものではない。そうでなくても、他にもよろしくない事態が引き起こされ、「素直に解呪しておけば良かった」と後悔してからでは遅い。

呪った側に立ってみれば、そのような強硬手段に出られた場合に備えた反撃のギミックのひとつやふたつ、仕込んで当然ではないか？

そう言われて、それを否定できる者はあの場に一人としていなかったのである。

よって、一度は上がった検討も、古竜の言葉で却下となったのだ。

強大で様々な特殊能力があるが、その分制約が多いのが古竜。

そういう意味では、力が劣っても回復するのにそこまで長い時間を必要としないリヴァイアサンやティアマトの方が優れている状況も十分にあり得る。

古竜は現在、『竜の秘薬』製薬の最終仕上げと、現在太一が向かっている北の島にいた呪術師たちが今どこを拠点にしているかの捜索を行っている。

理由は精霊やリヴァイアサンらが動くと目立ちすぎるためだ。

戦闘力もだが、そういった特殊能力の方向にも長けているのが古竜、ということなのだろう。

「おっ、もうすぐだな」

太一はいったん推進力を解除してその場に滞空した。

太一がいるところから北東方面。二つの山が連なる島が見えた。その山は島の西側に存在している。

「あの島が見えてきたら、そこから北北西に目標の島があるってことだけど……」

磁石で確認した方角を、視力を強化してみる。確かに島らしきものが見えた。

「あれか」

「うん。間違いないね。あれだよ」

太一の横に現われたミィが肯定する。

「海の場所から考えても、あの島が正解ですね」

この北の海を主な拠点とするウンディーネもミィに同意した。

「よーし、もう少しだね。いこっか、たいち」

「ああ。あとちょっと。頼んだ」

「オッケー」

再び風を受けて、空の上を突き進む。

余力を残すため、ここまでもここからも、スピードは控えめだ。

後は目視できている島に降り立つだけなので、周囲さえ警戒していれば、ぼんやりとしていても問題はない。

太一の思考は、違う方向へ進む。

今頃修行のために海底神殿に向かっている、凛、ミューラ、そしてレミーアのことだ。

三人が行う修行のプロデュースはウンディーネ。

内容は、限界突破だ。

あの場で言い出したのは凛だが、報酬として願った彼女を、誰も止めなかった。

つまり、凛と同じ気持ちは、大なり小なりミューラもレミーアも抱いていた、ということだろう。

（……）

思うところがないわけではない。

今以上に強くなる。つまり、今以上に強大な敵の相手も可能になる。

これまで、そういう敵は太一が相手をするのが当然だった。

太一としても、自分がやるのが一番だと思っていた。危険な場所に送り込まなくて済んで良かった、と。

そう抱いていた考えに対して、明確な理由付けは出来ず、しかし心の底から納得していない自分に気付いていながらも。

けれども、今回、凛が自分の限界を超えたいと口に出して願ったことで、太一はある発見をした。

「……はぁ」

近づくにつれ、大きく見えてくる目的の島。

それを視界に収めながら、太一は片手でくしゃりと髪をつかむ。その表情には苦いものが浮かぶ。気持ち、スピードを落とした。

（ったく……どんだけ上から見てたんだ、って話だよな……）

これまでくぐり抜けてきた様々な相手との戦闘。

その中には、太一でなければ対処出来ない存在がいた。

レッドオーガしかり、ツインヘッドドラゴンしかり、イニミークスしかり……そして、太一が異世界で戦った中で最強のアルガティ・イリジオス。そのアルガティが主と仰ぎ跪(ひざまず)く相手……敵ではないが闇の精霊シェイドしかり。

戦うのが自分で良かったと、そう思う気持ちに偽りはない。レミーアが、ミューラが、そして凛が、このような強敵と戦うところを見ているだけなんてまっぴらごめんだった。

ただ……。

その戦闘を見せられるだけの三人が、一人で戦地に飛び出す太一を見てどう思うか。

太一は、そこから目をそらしていた。

今は分かる。客観的に見れば、目をそらしたくなるのも当然の事実。

もちろん、太一にそんなつもりはなかった。

言い訳にもならないと思いながらも、それでもそう言う。その気持ちは偽りなく本心だからだ。

しかし、時に言葉にするよりも、態度と現実の方が残酷だったりもする。

実質的に、太一は三人にこう言っていたのだ。

足手まといだ、と。

レッドオーガ、ツインヘッドドラゴン辺りから明確になった。

強敵は、太一が処理する、という役割分担が。

きっと、凛はあの時からずっと心の中でくすぶるものを抱えていたのではないだろうか。

優等生的なところがあり、品行方正なたちだが、あれで結構負けず嫌いで熱血な面も持ち合わせている。戦い方はどちらかと言えば、綺麗というより泥臭い方だ。

戦い方は横に置くとして、負けず嫌いで熱血、自分が一方的に寄りかかるだけの関係を良しとはしないだろう。

太一に任せる以外の選択肢がない現状を憂い懊悩していたに違いない。

立ちはだかった、資質の差といういかんともしがたい現状ゆえに、解決方法がなかっただけで。

ウンディーネへの申し出は、ダメ元に近いものだったのだろう。

そこで、つかめそうな藁がちらつかされたのだ。

一も二もなく飛びつくのは当然。太一が凛の立場だったらきっとそうする。

ウンディーネは、必ず限界を超えられる、とは言っていない。

結果の保証を、水の女王はしていない。

それでも、挑戦するに値する価値が、三人にはあったのだろう。

「三人がパワーアップするのは、メリットが大きいしな……」

ドライなことを言えば、凛たちが強くなることで、自分の身を守りやすくなる。

それは太一が身をもって実感している。

この世界に最初に来た時、黒曜馬相手に感じた明確な恐怖と死の気配。

強くなれた今は、それを感じる相手というのは非常に少なくなっている。

相対して感じる死の気配、その範囲が小さくなればなるほど、死ににくくなるということ。

喜ばしいことだ。

謝るか？

受け取ってもらえるだろうか。

しかしそれもためらわれる。謝りたいと思う人間が、自分の気持ちを軽くするためにする謝罪など、独りよがりもいいところだからだ。

むしろ、凛たちにとっては侮辱にさえなってしまうかもしれない。

どうするのが正解なのだろうか。

答えなど出てこない。

高校に通っていた自分と比べれば、人間的には圧倒的に成長していると言えるだろう。

このことについては、島に到着するその瞬間まで、飛行速度を落として時間を稼いで考え続けた。

結局答えは出ないまま。

太一は島の上空にたどり着いた。

「ここか」

そのまま空を飛びながら外周をぐるりと一周。

その島は、南側が海抜が低く、北側が高い地形をしている。

南側には砂浜はなく、ごつごつした岩が無数に存在するので、船で直接接岸するのは困難だろう。かなりの確率で座礁（ざしょう）することになりそうである。

なので海から来る場合は、ある程度の沖合に船を停泊させて、小舟で上陸する形になるのだろう。

北の崖はかなり高い。

魔法を使えない状態で飛び降りることになったら、海面に叩き付けられてまず間違いなく即死してしまうだろう程度には。

その北の壁の中程にあるもの。

空を飛んでいるためすぐにそれを見つけることができた。

やはり、この世界で空を飛べるというのは圧倒的なアドバンテージだ。

太一が見つけたのは、崖の一部から断崖絶壁を降っていく道。

その道をたどって行きつく先には崖の内側に潜っていくことができる洞窟の入り口が。

空を飛べる者でない限りは、その道しか通ることはできない。

通路は壁に直接掘る形で作られているが、途中は吊り橋のように木材で作られている。
恐らくは、いつでも落とせるように、と思われる。

こんなところまで敵が来る確率などごくわずかだろうに、過剰にも見えるほどの念の入れようだ。それだけの強い警戒をして保護すべき施設、敵方にとっては重要な場所だった、ということだ。

「ふむ」

入り口に降りたって、中を眺める。

燃え尽きたたいまつがうっすらと見える。そのため中は真っ暗だ。

気配を軽く探ってもぬけの殻なのは分かっている。

この入り口。海から見ても、崖から見下ろしても、その詳細はうかがい知ることができない。

空を飛んでいる太一だから、視認することができたのだ。

恐らく重要なものは持ち去られていることだろう。

この場所を放棄するのに慌てる必要がなかったのであれば、何も存在しないのは間違いない。ただし、もしも急遽退去が決まって、押っ取り刀でここを出発したのであれば、可能性は出てくる。

「さて、んじゃあ、いってみるか」

足を進める。

床から壁、天井にいたるまでごつごつした岩の状態だ。

「崩れないようにはなってるね」

ミィが岩肌を眺めて言う。

補強自体はされているようだが、足下はお世辞にも歩きやすいとは言えない。

段差や出っ張りはそのままだ。その辺りには一切気を遣っていないことが丸わかりだ。

果たしてそれは、ここを利用すると決めた際にこの場所を掘り進んで作ったのか、天然の洞窟を利用したのか。

やくたいもない考えを振り払う。

罠（わな）については岩の様子なら手に取るように分かるミィによって問題はない。

これはもちろん、土が元になっているなら人工物でも関係はない。

「しかし暗いな」

シルフィによる空気の流れとミィの土の位置の把握によって、暗闇だろうと歩くことは可能だ。しかしそれはそれとして、視界がふさがれているのはやりにくい。

太一はいったん外の光が届くところまで引き返し、荷物からたいまつを取り出して火をつけた。

火をつける魔道具を持っているので、火打ち石を使わなくて済むのだが、こういう時凛とミューラがうらやましい太一である。

　所持金に余裕がある太一だからこそ着火の魔道具を買えたのであって、火属性を持たない低ランクの冒険者はこういった洞窟探索時は着火に苦労する。

　着火魔道具は一度買えばずっと使えるわけではなく、使い続けるためには定期的に魔道具店にて魔力充填（じゅうてん）が必要になる。

　継続的に収入が得られるような仕組みを作り上げたということだろう。

　とはいえ、火を簡単に用意できるのなら、コストと引き換えにする価値がある。

「よし、オッケー」

　煌々（こうこう）と燃えるたいまつを見て、太一は一つうなずいた。

　他に用意するものはない。

　それを確認し、改めて洞窟の奥に足を向けるのだった。

　深い洞窟の、巨大な広間。
　傷だらけの竜が横たわっていた。
　濃い藍色（あいいろ）の鱗（うろこ）をした翼竜だ。その目は閉じられており、眠っているようである。

その竜の前にはローブを羽織り、仮面をつけた男が立っていた。

「ふん……もはや、起きていることもできなくなったか」

この竜は時折起きては威嚇（いかく）したり暴れたりしていたようだが、この仮面が一度叩きのめしてからは忌々（いまいま）しげに周囲をにらむのみだった。戦う分には問題なさそうだが、男には敵わないと理解しているようでいっさい動かない。

まあ、正確には動けないのだが。現在の竜は封呪印の陣の上に安置されており、これが有効な間は動けない。ここから出るには、権限を持つ者の命令が必要だ。

かかって来れない竜をつまらなさそうにしばし眺め、仮面の男は踵（きびす）を返す。

広間を出て通路を歩いて行き、木の扉の前で立ち止まると無造作に開けた。

その先は四角い部屋になっており、執務机とソファ、そして両側の壁には天井まである本棚があった。

執務机の奥には本棚はなく、壁には巨大なタペストリーが下げられていた。その旗は闇に包まれた大地を貫き、下から照らす光に人々が群がる様子が描かれている。

執務机には執政官のような制服を着た中年の女が一人書類に向かい合っていたが、入室した仮面の男を見るなり立ち上がった。

仮面はそんな中年をまるっと無視して、ソファにどっかりと座り、足をテーブルの上に投げ出した。

「状況はどうだ」

仮面の男は前置きなしに言葉を投げかけた。声の調子からすると、青年のようだ。

「順調です。こちらに移設した機材の稼働試験も終わりまして、現在は再開の最終チェックに入っています」

「そうか。まぁ、及第点といったところか」

仮面の男が無遠慮なのに対し、中年の女の方は相手への配慮が見える。

つまり、力関係では女の方が下なのだ。

女が言った「順調」という評価を、仮面は「及第点」という言葉で一蹴した。

仮にもこの場所のトップに対して敬意がかけらもない。彼の態度は無礼極まる。

眉をひそめる中年の女。

女は思う。

自分たちが行っていることの知識など何一つないくせに、知ったような口を、と。

悪感情を抱かれているのは分かっているだろうに、仮面の男はそれを一顧だにしない。

つまりどこまでいってもどうでもいいということだろう。

この施設の長として、部下の働きは賞賛に値するものだ。作業一つとっても遅滞なく、またミスゼロとはいわないがそのリカバリーが素晴らしい。

仮面の男の興味は、それによって何ができるか、という一点のみなのだろう。

そもそも、だ。

実験所が突如閉鎖され、所員がこちらの本拠地に移ってこなければならなくなったのはこの男のせいではないか。

「速く済ませろ。一つ終わったら次だ。お前たちにくれてやる時間はそう多くはないぞ」

「……承知しております」

「分かればいい」

仮面の男はふん、と鼻を鳴らすと、そのまま執務室を出て行った。

中年の女は苛立ちを物にぶつけないよう、しばし扉をにらみつつその場で立ち尽くす。

「あいつが……あいつが古竜を放置したから、あの実験所を閉鎖することになったんじゃない……！」

今頃は、件の召喚術師が実験所を探っているに違いない。探ったところで手がかりになるようなものは残していないと報告を受けているが、急遽夜逃げという形になったため、中を燃やすまではいたらなかった。

一応トラップとして、もったいないとは思いつつ数少ないとっておきのうちひとつを残してはきた。中を燃やすことができなかったのは、そのトラップの設置に貴重な時間を奪われたからだ。

しかし、あの召喚術師が相手では何秒持つかというレベルでしかない。

何せ相手はティアマトとリヴァイアサンにかけた呪いを解除してしまったのだ。その際、ティアマトを一瞬で瀕死にまで追い込んだらしい。なぜそれを知っているかと言えば、仮面の男が嬉々として語ったからだった。自分たちの成果でもある呪いが解かれたという事実と共に。

そんな相手に自信をもって切れるカード、とまではいたっていない。

強さ的にも、作り上げるまでに要したコスト的にも、女としては非常に貴重なカードだったが、それもまたあの仮面の男の指示ゆえに、仕方なくだった。

古竜によってあの実験所の場所が暴かれた。貴重な人員を守るために、あの場所を捨てるしかなかった。

なので核となる部分は無事ではあるが、活動拠点を失っただけでも自分たちにとっては大きな痛手である。

この世界は自分たちが住む世界ではない。そんな土地で、よそ者が拠点を築くには同胞がどれほど力を尽くしたことか。

ここを築き上げるまでに命を落とした工作員も少なくないと聞いている。

「……くっ」

女は髪を留めていたヘアピンを取り地面に叩き付け、ヒールの踵で踏み砕いた。

少々高価だが、動かないとどんどん苛立ち（いらだ）が募る。

しかし、この部屋の物を破壊するわけにはいかず、なけなしの理性で私物に当たり散らしたというわけだ。

「古竜をあの時殺していれば、実験所は露呈しなかった……今だって、古竜はこの場所を探しているはず……！」

あの仮面は今でも古竜を放置している。かの竜は、敵ながらさすが古竜であるとリスペクトに値するだけの力をもっている。伊達に古竜などと大仰な名前で呼ばれてはいない。それ以外の竜とは一線を画すのだ。

かの竜に探されては、いつまでも隠れ仰せることはできない。

だというのに、仮面はほとんどの間この拠点に引きこもっている。この場所に、興味がないとでも言うように。

ここから出たことなど数えるほどしかない。仕事など当然手伝ったこともない。

現状、殻潰しと表現して間違いないのが、あの仮面の男である。

しかし。

「逆らえるわけ、ないじゃない……」

あの男は強い。

仮面が古竜を殺しに行ってくれれば良かった、と自分で言ったように、あの男は隔絶した力を持っている。

それこそ中年女の常識外の強さで、強いのは分かるがどのくらい強いのか、と訊ねられると、その天井すらうかがい知れない、と回答するしかない。

彼女を含むこの実験所の所員は戦闘については素人もいいところだが、それでも所属組織の関係上、人間の兵士などがどのくらい強いのかは分かっている。

鬱陶しく、経費を無駄に遣い、その態度に腹が立つ。

ただし、仮面の男の強さだけは本物だ。

彼について聞かされているのは、その強さの原因は、怨恨によるものだということだ。

普通に考えれば、古竜を殺していたとすれば現在の状況はかなり良かったはずだ。

でも、そうしなかった。

非効率な手段を選択し、有効な手を打たないのも怨恨のため。

ともすれば不自然なほどに強い恨みの感情だが、それらの情報を考慮すれば古竜を殺さなかった理由はただひとつ。

ここに恨みの対象を呼び寄せるためであると中年の女は気付いていた。

そして、その対象が呼び寄せられれば、この拠点は全損し、自分たちは潰走を余儀なくされるだろう。

「いいえ……潰走ができればまだ良いわ。場合によっては……」

ここで永遠の眠りにつく可能性まである。

逃げられない。

そう。あの仮面はこの拠点を利用する気満々なのだ。

だから、今もあんな命令が出ていて、自分たちはそれを健気にも遂行するしかない。

潰されることが分かっていて、どうしてやる気が出るというのか。

「分かってる……分かっているわ、逃げられはしないって……」

女はため息をついて肩を落とした。

過去、あの男が何をしたのか、女は鮮明に覚えていた。

仮面の男は、この拠点の研究成果を捨て駒にしようとする命令を下した。

ここにいるのは研究者が主だ。

成果を軽率に捨て駒にしようとする男への反発はすさまじいものがあった。

それは、仮面の男が信じられないほど強いことが分かっていてもなお。

抗議をした研究員の首を、仮面の男はあっさりと落とした。

転がってきた首を踏みつけ、踏み潰し、直後に放った言葉が、

「やりたくないやつは今すぐ休憩をくれてやる」

だ。

単語が足りない。休憩の前に「永遠の」の単語が。

まるで虫でも殺すかのように首を刎ねられたばかりか、死体蹴りまでも顔色を全く変え

ずに行える仮面の男。

研究員たちの反骨心は、恐怖によって一気に折られてしまった。

研究に没頭してきた彼らに、戦うすべなどないに等しい。ごく一部が、手慰みに修めた武術や初級魔術を使える程度だ。そんなものをいくら使おうとも、古竜すら殺すことができる仮面の男相手には無意味である。

女としても、犠牲者を出したくない一心で仮面の命令を聞くことを受諾したのだった。

そんな男から、逃げられるわけがない。

仮面は空を飛べる。

対して自分を含む研究員は、この拠点から脱するには船以外の選択肢はない。

あの男は容赦がない。従っていれば問題はないが、逆らおうとすれば殺すことをまったく躊躇(ちゅうちょ)しない。

ほぼ確実に拠点にいるため、隠れての脱走準備さえも不可能。

力が正義、それ以外など考慮する余地はなし。それを地で行く仮面の男に、言葉などいくら弄(ろう)しても無意味である。

使い潰された後、運良く生き残れることを、願うしかないのだった。

第七十四話　修行の開始

これが都合二度目の海底神殿だ。

今回は、転移魔法陣ではなく潜水艇からの上陸となった。

これが、普段イルージアが利用している移動方法だ。

ミューラもレミーアも、まず機会のない体験にテンションが上がっていた。

凛も同様だったが、それ以上にこの世界の技術で数千メートルの深海に潜れることに非常に驚いていた。

現代の地球でも、深海は未知の秘境であり、全容などまるで解明していない。

しかし今回、プレイナリスを出発しておよそ六時間で海底神殿に到達した。

水圧に耐えられるだけの潜水艇をどう製造したのか。

イルージアからは、海竜リヴァイアサンに生え替わった鱗（うろこ）を提供してもらって作り上げたと教わった。

なるほど確かに、海の王者であるリヴァイアサンの鱗を素材としたのなら、水圧に強い潜水艇ができるという理屈は分かる。

滅多に北の海の領域から動かないリヴァイアサンであるが、この世界の海は大体を見てきたという。

最も深い場所でも、リヴァイアサンにとっては水浴びをしているだけだというのだから海の王はすさまじいものだ。

それはさておき、素材があるから目的のものが製造できるかといえば、そんな理論通りに物事は進まない。

だからこそ驚いているのだが。

まあ事実として潜水艇を使えているのだ。

職人たちはイルージアの要件を満たす潜水艇の開発製造に成功したということだ。

「助かったぞ、海の王よ」

レミーアが振り返って礼を言う。

彼女の視線の先には、潜水艇の素材を提供したリヴァイアサンの姿が。

『礼は不要だ。ウンディーネ殿に頼まれたゆえな』

そう。

普通に航海した場合、この場所までは潮の流れが良くて一日、潮の流れが悪いと二日はかかる距離にある。リヴァイアサンに引っ張ってもらったから、これだけ早く到着したのだ。

なお、普通の航海では日をまたぐのが当然であることから、普段この船を使用するイルージア専用の部屋が設えられている。シングルベッドと小さなテーブルと椅子、そして狭い化粧室しか存在しないが、逆に限られた空間にあることを考えれば贅沢極まりないと言えるだろう。何せ、他の交代要員はそれぞれ雑魚寝に近い状態で休むのだから。

通常使用時、潜水艇に乗船するのは七名。船長一人、操縦士二人、整備士一人、イルージアの世話役二人、そしてイルージアである。なお定員は一〇名。今回は船長、整備士、従士がそれぞれ一名、操縦士二名、凛、ミューラ、レミーアの八名だ。

今回はウンディーネに依頼されたリヴァイアサンのおかげで速く到着したため、狭さゆえのもろもろの諸問題による我慢は必要最低限で済んだ。

海底神殿の性質のため、この船には女性しか乗船できないのでその辺りの警戒は不要なだけ、ありがたいというものだろう。

『では、終わる頃にまた来よう。時間に猶予はあれど、節約できるものはそうするに越したことはないのであるからな』

「その通りだな。済まぬが、復路も頼む」

『任せるが良い。ではな』

リヴァイアサンは海水に潜っていった。

「では、我々はここで待機しております」

船長の女性が、凛たちに向かって頭を下げる。

ここで過ごすための準備は、船の中にしてあるという。

凛たちの修行は複数日にわたるが、イルージアの儀式も即日終了するわけではないため、船員たちはここでの生活に慣れている。潜水艇の乗員は特殊技能手当がはずむので不満が出にくい仕事だ。

自分たちの都合である修行に快く協力してくれたイルージアには感謝しかない。

この場所で待たせることになる彼女たちに礼を告げ、凛たちは改めて扉の向こうに足を進めた。

強い光が扉の先から放たれる。

しかし、そうなることは分かっていたため、三人とも既に目元をかばって光が収まるのを待つ。

光が収まった先には、これまでの洞窟とは一変した光景が広がっていることだろう。

やがて、まぶたを刺すようなまばゆさが収まったのが分かった。

目を開けた凛が最初に抱いた感想は、いつか写真などで見た、南の島というのが一番しっくり来るだろうか。

現在、凛たちは芝生のような場所に立っている。数歩足を進めれば白い砂浜。青い空とのコントラストがよく映える。

周囲には椰子(やし)のような木がぽつぽつはえている。

振り返ると、少しずつ坂を上っていくようになっている。現在地となった島はそこそこ広いようだ。今凛がいる場所からは全容は把握できないくらいには。

「ようこそいらっしゃいました」

聞き覚えのある声がする。

見ると、海面から水が渦を巻きながら上昇していた。

海の二メートルほど上に水の球ができあがり、それが軽く弾ける。

その水の球から現われたのは、やはり水のエレメンタル・ウンディーネだった。

ウンディーネは穏やかに微笑みながら、ゆっくりと近づいてきた。

「こちらにいらしたということは、ワタクシの修行を受けるつもりがあるということですね？」

無論そういうことだ。

凛が求めたのは、限界突破。

今後も太一についていくのならば、絶対に必要になること、なのだが。

それは普通にやっていては達成不可能といえることだ。

もしもその方法が確立されているならとっくにその方法はレミーアからレクチャーされている。

そして、太一との差が大きくあることが分かっているのだから、間違いなく取り組んでいた。

けれどもこれまで、魔力量、魔力強度、そして何より使える属性の軛からは脱することはできていない。

「私たちじゃ、どれだけ努力しても今以上の力は得られそうにないから……」

凛は悔しさをにじませる。

「そうね……このままじゃ、足手まといだものね」

「もはや私たちの常識にはない方法しかなさそうだからな」

それを言われ、ウンディーネはこくりとうなずいた。

「ふふ……なるほど。確かに上限を超えるのは、人間では困難を極めるでしょうね」

ウンディーネはしとやかに微笑む。

「お伝えした通り、可能性はございます。むやみに焦らすのも本意ではございませんので……」

もったいぶらずに教えてくれるようだ。

「お教えしましょう。魔力量と魔力強度の上昇が難しいことを考えますと、皆さんの強さの段階を引き上げるには、出力の手段をより高度にするのが良いでしょう」

「出力の、手段を高度に……？」

「……いったい何を？」

「普通は身近ではありませんが、皆さんにとっては身近なはずです」

「……まさか」

ウンディーネが言いたいことを察したのは、レミーアだけではない。

ミューラも、そして凛もほぼ同時に勘づいた。

「そうです。皆さんも、精霊と契約をするのです」

予想していなかったと言えば嘘になる。

思考の片隅に、この可能性を考えたこともあった。

だが、実際にそうなるとは思いもよらなかった。

まずは話を聞いて欲しいとウンディーネに言われ、いったんその場に腰をおろしている。

「つまり……私たちが、精霊魔術師になるのか？」

搾（しぼ）り出すようにうめいたレミーアに対して、ウンディーネはたおやかにうなずく。

一瞬たりとも間がなかった。冗談を言われているわけではない。

そう理解したレミーアは顔を右手で覆い、首を左右に振った。

凛には、レミーアの気持ちがよく分かる。

あっさりと、まるで「今日は良く晴れていますね」とでも言うかのように常識をたたき壊されてしまったのだ。

しかし、精霊魔術師になるというのは、確かに可能性としてはとても大きく感じられた。

ウンディーネも、魔力量と魔力強度の上昇は難しいと言った。

精霊魔術師になればいい、と常識をぶっ壊した張本人のウンディーネでさえ、魔力量と魔力強度という壁は超えられないようなのだから。

精霊魔術師とは――

精霊「魔術師」と表記されるが、実際に術者が使うのは魔術ではなく魔法に分類される。

時折行われる主張として、精霊魔導師とするのが正しいので変更してはどうか、というものがある。

その主張自体は正しいものだと誰もが認めるのだが、既に精霊魔術師という呼称が浸透してから長い年月が過ぎており、多くの人々に精霊魔術師と認識されている。

それを覆す労力を誰が払うのか、という話に行き着くわけで、そうすると誰もが二の足を踏んでしまう。一度世間に浸透したものを上書きするのはとんでもない労力が必要だからだ。

さて、精霊魔術師は精霊魔法を使う。それは普通の魔術師が使う魔術と何が違うのかといえば、精霊魔法と魔術には、基本的に違いはない。どちらも、魔力を精霊に捧げて力を与えてもらう、という一連の工程は同じだからだ。

では何が違うのかというと、契約の有無だ。

魔術師は、周辺に漂う不特定多数の精霊のうち、応じてくれた精霊に力を与えてもらっている。

一方精霊魔術師は、特定の精霊と契約を結ぶ。太一のように姿が見えるようになったり、声が聞こえたりはしない。しかし契約を結ぶことによって、パスが生じる。そのパスを介して精霊から与えられた力は、魔術師が受ける力とは一線を画する。

それが、精霊魔術師がユニークマジシャンであると言われるゆえんだ。

精霊魔術師に……つまりウンディーネは、凛たちにユニークマジシャンになれと、そう言っている。

そんなことは不可能だ。

レミーアだけではない。ミューラも言葉を失っていた。

精霊魔術師と普通の魔術師の違い。それは、言ってしまえば契約の有無、ただそれだけだ。

「契約がそんな簡単に行えるのなら、精霊魔術師は、ユニークマジシャンには分類されないはず」

そう。

精霊と契約できる者など、希有などという言葉では言い表せないからユニークマジシャンなのだ。

まず、精霊を見ることはおろか、その存在を感じ取ることすらできない。

この場所で試練に挑んだ時は、ここが「ウンディーネの領域」であるがゆえに、アヴァランティナやミドガルズ、ブリージアを見ることができたのだ。

海底神殿の外に出れば、太一の力を借りなければ精霊がいることなど分からない。

太一に言わせれば、力や存在の大小はあれど、そこら中にいるらしいのだが。

「その通りです」

精霊魔術師とユニークマジシャンについてつぶやいた凛の言葉を、ウンディーネは肯定した。

「ですが、はなから可能性がないことを、可能性があると偽ったりはいたしませんよ」

「……」

それもそうだ。

できないことをあたかもできるかのように言ってつけ込むのは詐欺の常套手段だ。

「じゃあ、どうやれば、そんなことが可能なのかしら……？」

顎に手を当ててミューラが考え込む。

どうすれば実現するのか。まったく想像すらできない。

「それでは、説明いたしましょう」

ウンディーネは咳払いの真似をすると、人差し指をぴっと立てた。

「まずワタクシの話を聞く上で、前提として一つ。お三方はご自身が恵まれていることを、まずは自覚なさってください」

よろしいですね？　と尋ねるウンディーネ。ひとまずは話を聞かなければ何も判断できない三人は、言われるままにうなずく。

三人を見て満足げに微笑むと、ウンディーネは続けた。

「そもそも、なぜ只人は精霊と契約ができないのか。これは、非常に簡単なことです。この世界の只人は精霊が実在することを知っております。……ですが、精霊が実在することを信じている者は、意外にもごく少数なのです」

それはなぜか。

簡単なこと。

この世界の人間は、幼い頃から精霊はいると言われて育つ。それは土地が変わろうと、国が違えども不変だ。

見えないもので、見えないのが当たり前で、けれども実在するのだと、大人たちは誰も彼もが口を揃える。

精霊などいない、と反対意見を述べる者は一人としていない。

面倒見の良い魔術師の冒険者から偉い貴族までもが精霊がいる、と口を揃えるのだ。

催しの来賓挨拶を行う貴族が、精霊に感謝するのは話のつかみ、もしくは締めでの鉄板だ。

結果として、精霊は実在する、と認識する。そういうものだ、と。

では、実在すると認識している者たちが、精霊を信じているかと言えば、これには疑問符がつく。

「精霊のことを、見ることはできません。周囲の人間が口を揃えるために実在すると認識しているものの、本当に存在するのかの証明は誰にもできないのですから」

ここまで聞いて、ハッとした。

なぜ簡単なことなのかも理解できた。

そして、なぜ凛たちが恵まれているのかも。

「……！」

「皆さんは、精霊のことを信じている。もはや夕方陽が沈めば翌朝昇るのと同様の、信念とすら言えるでしょう。当然です、何せ、こうしてワタクシやシルフィ、ミィとふれあい、言葉を交わしてきたのですから」

なるほど、理解できた。

ウンディーネの言い分をもとにすれば、精霊と契約できるか否かは、イコール精霊が実在すると信じているか否かだ。

だとするとだ。

「私たちには、可能性がある……？」

「その通りです。無論、確実にとは申し上げません。ですが……今この世界で、誰よりも精霊魔術師へ近い位置にいるのは、間違いなくお三方です。……精霊のワタクシがこう宣言しましょう。精霊魔術師は、ユニークマジシャンではない、と」

見えた光明。

それは精霊魔術師への昇華。

間違いなく、限界突破と言っていいだろう。

「そうか……そこまで言われては、挑戦しない選択はないな」

レミーアはそう言って笑う。

「これ以上の条件は、恐らく今後ないと思います」

「そうだなミューラ」

師と友が明るい顔をしている。

凛も同じ気持ちだ。

自分たちでは八方塞がりだった。

どうやっても、限界突破などできないのは分かっていた。

そこに降って湧いたこのチャンス。飛びつくべきである。

「これは、絶対に挑戦すべきですね」

「うむ」

三人は顔を見合わせ、うなずいた。

「まとまったようですね。それでは、チャレンジしてみる、ということでよろしいですね？」

「うむ」

「ええ」

「はい」

「良いでしょう。では……」

ウンディーネがぱんぱんと二拍手をたたく。

すると、周囲に複数の精霊が現われた。

「始めるとしましょうか」

これほどの数の精霊など、見たことがない。

大きさも見た目も、存在感の強さも様々な精霊たち。

ただ一つだけ言えるのは、たとえ精霊の格は下の方でも、人間に比べれば桁が違うということだけ。

限界を超える。

これまでで最も難しいであろう修行が、今始まろうとしていた。

時折立ち止まって水分補給したり、小腹を満たしながら攻略を進めた。

ずいぶんと長い時間が経過したが、それも終わりが見えてきている。

もうすぐ最奥だ。

ここまでまったく代わり映えのしない洞窟だった。

一直線に進めば一時間ほどでたどり着く程度の距離だが、時折分岐があったためにそちらもしらみつぶしに進んでみた。

結果的に何もなかったものの「何かあるかも」と気になってしまうよりマシだと、徒労だったと思わないようにしていた。

ミィのおかげでこの場所で迷うことはないからこそ、マッピングなしでもこうして探索ができている。

太一のダンジョン探索能力が広まれば引っ張りだこ、この先戦闘をまったくせずとも食い扶持に困らなくなるくらいの価値がある。

昔ほど無防備でなくなった太一は、自分の力を闇雲に露呈させたりはしなくなったが。

まあそれも状況によりけりなのは間違いなく、必要とあらば隠したりはしない。

「さてと」

最後のフロアの手前で休憩していた太一は、荷物を手早く片付けると立ち上がる。

昨晩は既に深夜だったので一眠りしたのだった。

安全地帯の確保としてミィの力で洞窟に部屋を一つこしらえ、そこで眠った。空気の問題もシルフィがいれば問題ないので、安全を確保して休息を取れる太一の能力はダンジョン探索では最強の一つに数えられるだろう。

携帯食を水で流し込んで腹ごしらえした太一は、いざ、と最奥に踏み込んだ。

到着したフロアはなかなかに広い。

長テーブルが、三つ並びで一列、それが二列分。テーブル一つで複数人が作業できる程度の大きさがある。

更に奥の方、壁に沿うように設置されているのは、個人で使うと思しき執務机とかけ心地の悪くなさそうな椅子が一五組。

壁にいくつか設けられている扉、その向こうにはベッドが五台置かれた寝室が四つ、キッチンらしき部屋やパウダールームなどの生活に必要な部屋があるようだ。

研究所か魔術工房か……ここで何が行われていたかによって呼び方は変わるだろうが、まあ、遠からずといったところだろう。

そんなことを考えながらも見ていた長テーブルの上には何も置かれていなかったので、念のため天板の裏を見て何か貼り付けられていないかの確認をして、何もないことが判明してから執務机に向かう。

「さぁて、何か残ってるかな、っと」

もともとそれほど期待してはいない。何かが残っているかもしれない、程度だ。

ひとつひとつの机の上を眺め、引き出しをもれなく抜き取って隠し蓋がないかどうか、机に仕掛けがないかを探っていく。

「んー、やっぱ何もないな」

全ての執務机を探って、成果はゼロ。

一目見て分かるものはおろか、太一では判別ができないような「何かの手がかりになるかもしれないもの」すら残されていなかった。

どうやら、ここを利用していた者たちは、ここを引き払う際に徹底して隠滅を図ったようだ。

分かっていたことだ。むしろ、もしも何かが残っていてそれを見落としたばっかりに……という事態を避けるため。なので、空振りに終わること前提だ。

少なくとも、何かが起きてから「あの時敵のアジトを探っておけば良かった」と思うことはなくなった。

それと同時に、別の疑問が脳裏をよぎり始める。

続いて太一は寝室などの様子も見ていく。

ベッドは残っている。布団も残っている。何かが仕掛けられているかもしれないので、布団などは風で吹き飛ばしてみたが、何もなかった。

サイドボードやクローゼット的なものも残されたままだが、もちろんそこにも何一つ残されていない。

「本当に、もぬけの殻ってやつだな」

残りの寝室も全て空振り。

それはキッチンも同様だった。

これまでの例に漏れず、パウダールームにも何も残っていなかったが……ここで、異変が起きた。

「たいち。どうやら、罠（わな）だったみたいだよ」

「ああ……感じたよ」

「うーん、そっか。全ての鍵が解除されると、発動する仕組みかぁ」

「鍵は何だろうな……全ての引き出しを開ける、全ての扉を開ける、とかか?」

「そんなところかなぁ。アタシたちを欺くなんて、どんな術なのかな」

「そうだねぇ、ボクたちに気付かせないなんてよっぽどだよ。気になるねぇ」

「ある意味じゃあ、俺たちの予想は当たってたな」

パウダールームから一歩出て立ち止まる。

フロアの中央で、何か黒い煙のようなものが渦を巻いていた。

それを眺めながらも、太一はシルフィ、ミィと会話を続ける。

太一たちがしていた予想。

それは、ここを引き払う際にトラップをしかけ、調査に訪れた者を食い破る牙にしているのではないか、というものだ。

慌ててここを引き払ったはずだ。

何も残っていないこと。罠がしかけてあること。

この二つを考慮すれば、敵は限りがある中、ある程度の時間的コストを支払って念入りに退去を行い、更にエレメンタル二柱にも見つからないレベルの隠蔽を行ったことが察せられるのだ。

エレメンタルは人智を超えた存在だ。

しかし全知全能ではない。

リヴァイアサン、ティアマトを苛んでいた呪いも、ある程度顕著になるまでは気付けなかった。

この場所も、探し当てたのはウンディーネではなく古竜だ。

それはそれとして。

もともと戦闘も考えていたからこそ、驚き自体はない。

どんな敵が出てくるか。

かつての古城で戦ったような相手が想定できる。

闇の精霊シェイドは、レングストラット城で戦った相手を「裏切り者」と称した。

シェイドを裏切っているのなら、敵はセルティアの手の者から何らかの供与を受けていても不思議ではない。

黒い煙はやがて明確に形を成していく。

こういうとき、相手の変身を待たず攻撃をしてしまうものだが、今回ばかりは待つことに決めていた。

相手がどういう存在なのか、戦いながらシルフィとミィに見てもらうためだ。なので、ある程度のことが判明するまでは、なるべく倒さないようにすることも求められる。

どうやら形は完全に定まったようだ。

現われたのは、赤黒い毛皮の熊。

ただし当然ながらただの熊ではない。

後ろ足が二本で、太一がよく知る熊と変わらない。鋭い爪が生えた前腕は通常の位置に二本、その後ろから更に二本あり、四本とも金属の腕輪をはめているところが、まず太一が知る熊ではなかった。腕輪からは短い棘（とげ）がついた短い鎖が取り付けてある。更に背中からは同じく真っ赤な山羊（やぎ）が生えていた。おまけにその尻尾はサソリの尾に変化している。

「……キメラ、って怪物か？」

太一の記憶では、何かの神話にキマイラが出てきたと記憶している。太一が忘却している神話とはギリシャ神話。獅子（しし）の頭に山羊の胴、蛇（へび）の尻尾を持つ怪物がキマイラだ。

かつてプレイしたゲームで中盤の強敵として出現し、苦戦しながらも勝利した印象の方が神話よりも鮮烈に覚えている。ゲームによってはキメラだったりキマイラだったりと表記揺れがあった。

下地が熊なので、厳密にはキメラという呼称は正しくないのかもしれない。複数の獣や魔物が合成された生き物全般をキメラとすれば、間違っていないと言えるだろう。

まあ、太一としてはキメラと理解するのがシンプルで分かりやすい。

「生き物だけど、動物じゃないよ」

「そうだね。攻撃力が高い素体として、大元を熊にしただけだと思う」

熊は太一を見据えるとうなり声を上げた。

「……でかいな」

現実に熊を見たことはない太一。

熊らしき生き物を見るのは、この怪物が初めてのこと。

熊、と言っていいのかは疑問が残るが。

それよりも、何よりも気になるのは、この熊がかなり巨大なことだ。

無論、熊は人間よりも大きいものだ。

しかしこれは、大きいの度を越えている。

四足歩行状態なのに、既に背中が天井につきそうなくらいなのだから。

面積はそこそこあるが、後ろ足で立ち上がることもできなさそうな場所でこのキメラを用意しても、本領は発揮出来ないのではなかろうか。

まあ、それで問題はない。敵の動きが制限されて、太一側が不利になることはないのだから。

すると、熊が四肢(しし)でぐっと地面をつかむ。

踏ん張っている様子だ。

それを見て、太一は警戒を強める。

何をしてきてもいいように。

熊はぐぐと身体に力を込めた。

『Grrrrrrr!!』

そう大きく吼えながら、おもむろに天井に向かってその爪を振り上げた。

猛烈な一撃が、天井を軽々とぶち抜く。

熊の攻撃が当たったところを中心に蜘蛛の巣状にヒビが入り、崩落が始まる。

どうやらこの天井は地面にそう遠くなかった様子で、少し厚めの岩が割れ、空が見えた。

落ちてくる岩や石、砂埃については、ミィに影響を減らしてもらう。

すると、熊のキメラはその場から跳び上がり、自身が作った穴から外に出て行った。

「あっ、この位置は良くないな」

相手が高所、自分が低所。これはいただけない。

何せ、熊は自分が空けた穴からこちらをのぞき込み、おもむろに腕を振り上げたのだ。

この場所を崩し、生き埋めにでもするつもりか。

跳び上がってもいいのだが……太一は地面をつま先でトンと叩いた。

熊の思惑を根底から壊すのも、悪くはない。

「壊れろ」

ここはミィの力を借りる。

地面から壁、天井まで、岩を破砕する魔法。

太一が名付けた魔法名は『クラッシュ』だが、もしも凛がここにいたら、今回の使い方だと地下室ごと崩しているので『コラプス』と表現するだろう。

とまれ、土のエレメンタルが行使する岩盤破砕魔法は当然ながら非常に強力で、あっという間に地下室は崩落した。

そして当然ながらミィがカバーしているので太一には岩は当たらない。太一のところにだけ岩が落ちないように調整する程度のことは、土を司る精霊ならば朝飯前というところだ。

熊が狙ったのは天井の崩落。

太一が起こしたのも天井の崩落。

事象の結果は同じ。

しかし、自分で起こすのか他人に起こされるのかでは、雲泥と言っていい差が生じる。

『Ｇｒｏｏｏ!?』

己が立つ地面が支えを失ったことで、熊はバランスを盛大に崩し、岩と共に落下した。

轟音と砂煙。

太一は平気だが、熊にとっては鬱陶(うっとう)しいことだろう。

『Graaaaaaaaahhhhhhh!!!』

苛立たしげな咆哮が響く。

相当な音圧があったようで、舞い上がった砂煙が吹き飛ばされた。

「まぁ、傷なんかないよな」

立ち上がった熊は、太一を血走った目で見下ろす。

太一の姿勢は、熊が相対した時と一切変わっていない。

その様子が熊にとっては不快だったようだ。歯茎をむき出しにし、涎を垂らしながらうなる。

おちょくられたことが分かる程度には利口らしい。

それにしても巨大だ。

立ち上がった熊に見下ろされたからこそ分かる。

熊の体長は一〇メートルをくだらないのではないだろうか。

太一はそのように結論づけたが、実際は一三メートルをやや超える程だ。

これだけの敵となると、どれだけ強いか想像もつかない。少なくともパワーは、この巨体にふさわしいものを持っているだろう。キメラであることを考えると、実際のパワーはそれ以上であることが予想される。

更にサソリの尻尾に、真っ赤な山羊。

恵まれた体躯を生かした戦法だけでないのは間違いはない。

『Ｇｒｒｒａａａ!!』

振り下ろされる腕を、太一は裏拳を小さい軌道で振り上げ、受け止める。

太一の両足を中心に、地面が放射状にひび割れる。

つまりそれだけの衝撃があったということだ。

「うん、少なくともパワーはレッドオーガ以上だな」

この一撃が熊の全力ではあるまい。とすると、比較対象としてレッドオーガでは力不足だ。

受け止めた腕をはじき、太一は一度後退する。

もちろん撤退ではない。

適当な岩にほぼ垂直に着地すると、それを蹴り、熊に向かって突進する。

「これはどうだ！」

熊は太一の攻撃を、二本の腕で余裕を持って受け止めた。

相手に重量があろうと殴り飛ばせる太一だが、熊はそれを軽く受け止められるだけのスペックを誇っていた。

当然ながら弱い攻撃を放ったわけではない。

太一と熊の激突の余波で、周囲にあった岩が吹き飛んだくらいだ。

「っとお」

そこで、警戒していた攻撃が来た。

本来の二本の腕に加えて、その肩から更に生えている二本の腕。

そちらからの振り下ろしの反撃が来たのだ。

もちろんそれも想定していたので、分かってさえいれば回避するのはそう難しいことではない。

もう一度距離を取り、今度は適当に手を置いた岩を使うことにする。

幸い、弾は周辺に腐るほどある。

「なら、こういうのはどうだ？」

地面一帯にミィを通して魔力が行き渡り、散らばった岩全てが弾丸と化す。

そして、弾幕となって飛んでいく全ての岩を、熊は四本の腕でもってたたき落とした。

やはりメインウェポンである腕は頑強なようで、傷ひとつついていない。

「おう……タフだな」

熊が両腕を振り上げ、振り下ろす。

特に太一に飛び掛かったりなどもせずに。

すると、どういう理屈か衝撃波が指向性をもって太一目がけて放たれた。

どうやら、そういった特殊能力らしき何かも持ち合わせているらしい。

相手は熊にそっくりだが、熊ではなくキメラだ。

魔術を使ってきても不思議ではない。

「そんなこともできるのか！」

太一は右腕を真横に払う。

発生した風が衝撃波を打ち払い、かき消した。

お互いにまだ直撃はない。

小さい人間に正面から立ち向かわれていることに苛立つ熊。

隙は探せば普通に見つかるが、太一は致死性の攻撃を仕掛けることはなかった。

倒そうと思ったら、火力を上げて攻撃してみればいい。

こうして戦えているように思わせているのは、ひとえに敵の情報を得ようとしているからである。

始まったばかりで、太一と同様、キメラにもまだまだ切っていないカードがあるはずだ。

洒落にならないと思った攻撃がきた場合、この遅延行為は即座に止めることで、太一を心配したシルフィとミィとの話はついている。

相手が捨て鉢にならないように、競っているように装わなければならない。

ティアマトを殺さぬよう攻撃した時のような、神経を使う戦闘が続きそうだ。

凛は、島をゆっくりと散策していた。

よく晴れており、ところどころにぽっかりと浮かぶ白い雲。

照りつける日差し。

気持ちの良い、ともすれば暑くさえある気候だ。

にもかかわらず、コートを着たままでも暑さを感じない。

ここが外の世界とは違う、というのはこういうところからも感じることができる。

前回ここを訪れた時には、ミューラの偽者という強敵と戦ったため、周辺の環境を必要最低限以上に観察する余裕はなかった。即座に心を戦闘態勢に持って行く必要があった。

しかし、こうして凪(な)いだ精神状態で見渡せば、限りなく現実に近いのに非現実的であることに気付けた。

「……」

足下にはくるぶしにいたらない程度の草原が広がっている。

ぽつぽつと点在する茂みをのぞき込んでみたり、青々とした葉をたたえる木を見上げてみたり。

この島には敵といえる存在はいないと明言されている。城壁で囲まれた街中ではないこういった自然まっただ中を歩く際にはまず不可能な、ほぼ無警戒状態で歩いていた。

ぐるりと周囲を見渡してみる。

誰もいない。

当然だ……というのは、これまでの話。

と、いうのもだ。

「それでは、さっそく始めましょう」

ウンディーネがそう告げ、彼女以外の精霊がすべて姿を消してから、既に二時間が経過していた。

姿を消した精霊は、この島の至る所にいるというのだ。

何なら、すぐそばにでも。

無造作に散歩でもすれば、数十秒に一度はすれ違います、とウンディーネは言った。

だから、こうして歩いていても、結構な数の精霊とすれ違っているはずだ。

分からない。

見えない。

どこにいるのかも、何をしているのかも。

改めて、太一の理不尽さを垣間見た。

「精霊が見えるって、どういうことなんだろうね……」

虚空に問いかける。

もしかしたら、それに答えてくれている精霊がいるのかもしれない。

太一は、契約しているエレメンタル以外にも、見ようと思えば多数の精霊が世界を漂っているのを見ることができる。

そうしていると、視界があまりにも賑やかになりすぎるため、意図的に見ないようにしているのだとか。

なお、ウンディーネ曰く、今この島は、外の世界よりも精霊の人口密度は倍以上とのことだ。

意図的にたくさんの精霊に集まってもらっているのだという。

「ふう……」

精霊がいるという前提で、気配を探ってみたりしていたが、一向に何かが変わる気配がない。

もちろん凛も、たった数時間で何かを変えることができる、などと甘い考えは持っていない。

しかし、その心構えと、やる気を全く萎えさせずにいられるか、というのは別問題だ。

凛は手頃な倒木に腰掛ける。

新たな技術を身につける時。

そして弱点を克服しようとする時。

長所を更なる武器に昇華しようと磨く時。

そのいずれにおいても、かなりの労力が必要だ。

具体的に言うなら、数。

数をこなし。

こなし、こなし、こなして。

こなした数から質を向上させていく。

そういうものだ。

とはいえ、根を詰めれば詰めるほどいい結果が生まれる、そういうわけではないことも、経験則で分かっていた。

一度気分転換した方がいいと感じたため、凛は別のことを考えることにした。

「やっぱり、私たちにしかチャンスはないんだよね」

といっても、考えるのはやはり精霊のことだが。

修行開始前に、ウンディーネに対してレミーアが尋ねたことがあった。

それは、太一に精霊を見せられた人々には、精霊魔術師になるチャンスはないのか、ということ。

その問いにはっきりと、ウンディーネは「ない」と言った。

「確かに遠くはない……でも、決定的に違う点が一つ」

それは、太一が精霊をどういう動機で顕現させたかによる。

大抵が、精霊という存在の格を見せつけ、人智を超えた能力でもって力業で困難を振り払う、という動機で精霊を顕現し、その力を行使してきたからだという。

太一に精霊を見せられた者たちは、精霊との格の違いをこれでもかと見せつけられている形になる。

抗おうなどと端から思えない。敵対など以ての外。

何せ、王ですら衝動で頭を下げたくなるほどだ。

そうなってしまうと、対等な関係など考えの端にものぼらない。

召喚術師しかり、精霊魔術師しかり、精霊と契約を結んで初めてそうなれたと言えるようになる。

つまるところ、対等な関係……契約を結ぶなどという選択肢は、最初から除外されてしまうのだ。

存在の次元があまりにも乖離しすぎている相手。

精霊は自然の権化。

そういった存在と、対等に話すことができて初めて、扉を開く資格が得られる。

「私たちが、シルフィとかと話すようにすればいい、んだけど……」

そんな簡単な話であるはずがない。

精霊がまとうえも言われぬ威圧感というのは、凛だって感じないわけではない。

その威圧感に慣れたのもそう遠い過去のことではないし、そも対等に話すことだって、太一の力で顕現した精霊に直接「敬語は使わなくていい」と言われたからだ。

それだって、言ってしまえば太一による仲立ちの結果だ。

これまでのことがどれだけ恵まれていたのか。

先天的な才能によることなく、こうして後天的に精霊魔術師になれるチャンスを得られたのが、この世界でたった三人だけ、という現実からも垣間見える。

「でもやっぱり、厳しいなぁ」

あーあ、と身体をほぐすように伸びをして、空を見上げた。

チャンスは得られた。

得られたが、人間のくくりでユニークマジシャンに分類されている精霊魔術師になるというのは、気が遠くなるようだ。

とっかかりがあれば何とかなりそうなものの、それすらも手探りだ。

ウンディーネはこう言った。

「皆さんの力で、精霊を感じ取れるようになってください。これが最大の、そして最難関の課題です。逆に言えば、これさえできれば、後は皆さんと契約をしてもいいと考える精霊を探し出す工程になります」

まあ、精霊を感じ取れるようになってから、相性のいい精霊を探すのも大変だが、こちらは今取り組んでいる課題に比べればそう大きな問題ではないとのことだ。

契約を結べる精霊を探すのは、言ってしまえばあきらめないことだ。

無論条件に合致する精霊に出会ってからのコミュニケーションも大切だ。

それについては特別なことなど必要ないと分かっているし、精霊とのコミュニケーションの経験値は、太一を除いてこの世界で最も高い人間であるのは間違いないのだから。

「ううぅん……」

思考に没頭。

腕を組んで、リクライニングする椅子の背もたれに寄りかかるように身体を倒す。

無意識の行動だ。

凛の意識は、完全に脳内にあった。

だから、か。

「うっ、わ!?」

バランスを取りそこない、そのまま後ろに倒れてしまった。

「……いたた〜……」

かなりみっともないことをしてしまった。

思わず周囲の気配を探ってみたが、幸いといっていいのか、ミューラもレミーアも近くにはいない。

この無様な姿が見られずに済んで良かったと言うべきか。

それとも、何やってるのか、と笑ってもらえなかったことを嘆くべきか。

誰も見ていないと分かったので、凛はそうつぶやいてそのままぼんやりと空を眺める。

抜けるような青い空、ゆっくりと流れていく白い雲を目で追った。

「前途多難だぁ……」

さぁ……と風が大地の草を揺らす。

しばし、その自然に身を委ねる。

日本では滅多に見られない、しかしこの世界では珍しくはない光景。

あの空はウンディーネによる作り物、まがい物らしいのだが、凛の目には本物の大自然にしか見えない。

偽者だろうと本物だろうと、凛にとってはどちらでも良かった。

それで何か不都合が起きるわけでもないのだ。

この空は壮大に見えて、凛の悩みが小さく感じられる。

凛はしばらく、空を眺めていることにするのだった。

上空数十メートル。

ウンディーネは、優しげな微笑みを浮かべながら苦悩する凛を見つめていた。

うまくいかない様子だ。

まあ、精霊魔術師としての特訓を開始してまだ数時間なので、うまくいかないのは当然であろう。

泊まり込みの用意をするように告げたのは、仮にうまくいくのだとしても一日やそこらでの達成が非現実的だから。

ウンディーネは基本的にノーヒントで三人を放り出している。

凛のみならずミューラとレミーアも様子は違えど同じように苦悩しているのは確認済みだ。

なぜヒントをひとつも与えなかったのか。

それは極めて単純な理由だ。

ウンディーネから見て、凛たちが精霊魔術師の才能を開花させる最初の一歩に必要なのは、たったひとつの切っ掛けだけ。

その切っ掛けだけで全てが解決するわけではないが、要素としては最も割合が大きいものだ。

見つけてしまえば大したことではない。

それに、その方法さえ見つかれば、精霊の居場所が分かるようにもしてある。それは、ウンディーネの領域であるこの場所だからこそできることだ。

ただし、見つけるまでが大変なのは間違いない。

苦労するのは当然だし、精霊魔術師という飛び抜けた力を扱う資格を得られると考えれば、むしろ安いくらいではないかとも言える。

発想の問題であり、気付きさえしてしまえば別に大したことはないと言えるものだ。

彼女たちが戦っているのは、太一がいなければ精霊を見ることはできない、という固定観念。

精霊は見ることができる。言葉を交わすこともできる。

しかし、自力でそれらは叶わない。

ウンディーネが与えたのは彼女たちの常識を取っ払う課題であり、これができなければ話にならないと言える。

だからこそヒントを与えなかった。

「……無論、最初の一歩を踏み出せた後は、手に余る力の制御という難関はありますが、ね」

しかしその修行までたどり着けたとしたら、厳しいものになるが同時に楽しくもあるだろう。

何せ、かつての自分では届かなかった領域の力を出せるようになるのだ。

その先には明るい未来が見えているはずで、制御できるようになればなるほど、その未来が現実味を増す。

精霊であるウンディーネには、本当の意味でその喜びを理解することはできない。

しかし、未来への希望に向かい、目を輝かせて邁進する人間を見るのは好きだった。

自分たちが取り残されていくという無力感。それを改善しようにも自分たちだけでは八方塞がりだった凛、ミューラ、レミーア。

そこに可能性という糸がぶら下げられた時の、彼女たちの目に力がこもる瞬間。

まさに、ウンディーネが好きな、希望に向かって邁進する人間たちだった。

報酬というのは本心。心から感謝している。

彼女たちに力が必要な理由と事情も理解している。

しかしそこに、ウンディーネの個人的な趣向が混じっていることを、否定はできないのだった。

『Ｇａａａｈｈｈｈ！』

「おっと」

熊が巨体を生かして攻撃を仕掛けてきた。

巨体に速度が合わされば威力が上がることを、本能で理解しているのか。

先程盛大に崩壊した天井と違い、地面はそこまで脆弱(ぜいじゃく)ではないようで、熊の大質量を受けても崩れることはなかった。

まあ、爪を突き立てられた地面は盛大にへこんでいるが。

太一は飛び退いて一〇〇メートル程距離を取った。

普通なら十分な距離だ。

この相手にはそれは当てはまらないが。

特大と言ってもいいこの熊、素早さや身軽さが見た目に反して相当に高い。

戦った感触では、この熊はパワーだけではなくスピードもレッドオーガ以上。

攻撃を回避されたと理解した瞬間、熊は突き立てた爪を太一がいる方向目がけて振り上げた。

その一撃で巻き上げられる岩と砂。

高速で吹き飛んでくる岩や砂を風で撃ち落とし、それを追うように接近していた熊を迎え撃つ。

「キメラだからなのか、なっ！」

よくある手段だが、巨体過ぎて砂煙に隠れるのは不可能。

二つの攻撃を同時に処理させて相手の対応力を飽和させる、という意味では有効といったところか。

軽く腰を落として構える。

四足歩行で突進する熊。しかし頭を太一に向けたままだ。

今度は腕を使わずにそのまま体格で押しつぶすつもりだろう。

太一と熊の体格差では、対処できなければ轢かれてしまう。

受け止めるにも、頭の位置が高すぎるのだ。

ならば、と太一は腰の刀を抜いた。

すれ違いざまに突き刺して、相手の勢いを利用して引き裂いてしまおうという魂胆だ。

そして太一の狙いを、熊は正確に見抜いたようだった。

それでも熊は接近をやめはしない。

太一は突進に合わせて一時的に後退する。

どうやら自分の防御力の高さもきちんと把握しているようだ。

太一とて相手が知性のない獣ではないと分かってからは、時間稼ぎがバレないように攻撃を二回当てている。

その時に分かったのが、この熊はキメラになったからか相当に堅牢な毛皮を持っていること。

手に得た感触から鑑みて、太一が持つ刀では折られてしまうだろうことは想像できている。

だからこそ、抜いたのだ。

熊の突進を素早く回避する。相当な速度が出ているため、即座の方向転換とはいかないようだ。

「ミィ」

「はーい」

「シルフィ」

「うん」

ところで、太一の得物の刀身は金属でできている。

とすれば、ミィの強化対象となる。

巨体が高速で駆け抜けているために発生する風がかなり強いものの、太一には関係のないこと。

巨大な壁が迫っている。

直撃はしないとはいえ、迫力があって見応えがある。

ともあれ、このチャンスは逃せない。

刀を突く。

切っ先が硬い毛皮を容易に貫く。

地面に杭を打ち込んだように仁王立ちしながら、熊の勢いに任せて刀がその毛皮と肉を切り裂いていく。

『Grrrraaaaa!?!?』

走りながら、熊が悲鳴を上げた。

走る勢いを収めながらUターン。

振り返った熊は、ガフガフと荒い息を吐きながら、射殺すような目で太一をにらみつける。

刀についた血を払い、振り返る。

あの巨体からすればちょっとした切り傷にしかならない今の一撃。

致命傷になるどころか、相手の動きを鈍らせるほどの痛手も負わせられるものではない。

しかし、切り傷の深さに対して、熊の怒りは度を超しているように、第三者がいたら見えたことだろう。

熊が激昂(げっこう)したのは傷に不釣り合いな痛みを与えられたからだった。

今の攻撃、太一は刃を突き入れた瞬間、刀身の中程に、まとわりつくような風の刃の渦を発生させた。

それが熊の肉を蹂躙したのだ。

内部には尋常ではない痛みが駆け巡っていることだろう。

「ピンピンしてるのは想像通りだけど、痛みを怒りに変える精神力はすごいもんだな。キメラだからか？」

刀を肩に担ぎ、太一は口の端を上げた。

敵ながら見事であると素直に賞賛の念を抱いていた。

この世界におけるキメラは、その制作者が意図した設定を付与できる。

まずはどんな生物をもとにするか。体格は、体重は、何を混ぜるかを設定する。

命を捨ててでも外敵から守護する、敵陣を攻撃する、侵入者を排除する、などの主命令を主軸に。

その下に、リソースを割り振りながら持たせたい長所を付与する。

生命力を捨てる代わりに素早く攻撃力を高く。

その逆で攻撃力と生命力を高める代わりに素早さを犠牲に。

はたまた、それら全てを均等に持ち、突出したものはないがバランス良く。

そのキメラに持たせる役割によって、これらは変化する。

変化するもののなかには、そのキメラが受け持つ性質もある。

たとえば残虐性を特に高める、慎重で深追いしない、執拗かつ殺意を強く、といった具合にだ。

今回の場合、この熊のキメラは痛痒に強く、攻撃を受けた痛みを怒りと攻撃性に変換するような設定がなされている。

それらのことは、当然ながら太一が知ることではないが。

知識として知りうる者も当然ながら存在する。レミーアももちろんその一人だ。

キメラをつくる術というのは外法として、むやみにそれを誰かに教授してはならない、という不文律があるゆえに、太一はもちろん、凛もミューラも教えられていなかった。

太一の場合、キメラについては日本時代に仕入れたものではあるが知識としては知っていた。

なのでキメラが存在することそのものについては、割と普通に受け止めていた。

この世界はファンタジーなので、そういうこともあるだろうな、という認識だ。

熊は血が吹き出るのも構わずに立ち上がり腕を振りかざした。

ぶしゅるるる、という息の音が聞こえる。

ますますやる気になったキメラ。

攻撃は更に苛烈になるだろう。

「まだまだすべて出し尽くしたわけじゃなさそうだからな。ヤツがやけっぱちにならないようにもうしばらく戦いを長引かせるか」

キメラは人工生命体。

そこに、どんな術が仕込まれているか分かったものではない。

死の間際に自爆する、などという仕掛けが仕込まれていないとも限らない。

それは逃げに徹した場合も同じだ。そういう敵に対する妙な手があると仮定して動くべきである。

半端に追い詰めないよう、戦闘を続けるのが太一のすべきことだ。

それには、熊がパワーを生かした戦い方をしているのが都合良かった。

しかし今後、その戦いを熊が続けるとは限らない。

一定のタイミングでダメージを負わせるのも自然な戦闘であるから、手痛いカウンターを与えたばかりだ。

熊は振り上げた四本の腕のうち、二本をむちゃくちゃに振り回し始める。

ただ子どもがだだをこねているような挙措にしか見えないそれは、もちろんそんな単純なものではなかった。

「おおっ」

シルフィと契約しているからこそ見えたのは、無数の風の刃。

当たった人間大の岩を綺麗になます斬りにするほどの切れ味。

これは『エアカッター』に似た攻撃だ。

魔術のようなこともしてくるだろうと想定していたからこそ、対処は簡単だった。

この攻撃自体は一度見ていたことであるし。

ただし、避けるのに予測は使えない。

熊は腕をやたらめったらに振り回しているからこそ、攻撃は完全にランダム。使い方が完全に違ったのだ。

太一を狙っていないことは明白。

その状態のまま熊は太一との距離を詰め始めた。

距離が詰まればその分回避に余裕はなくなる。

シンプルゆえに強い攻撃である。

後退しつつも土の魔法で岩を生み出し、それを砕いて散弾のようにして撃ち出す。

散弾と称したが、一つ一つの岩の大きさは大体グレープフルーツ大といったところ。

それが本物の散弾銃に勝るともおとらない速度で飛んでいくのだ。破壊力は実銃の比ではない。

大方の予想通り、太一の攻撃を風の刃で撃ち落とす熊。

完全ランダムゆえにすり抜けたものだけ、きちんと狙って撃ち落としているのが分かる。

やはり、今は狙いをつけていないだけで、狙いをつけて撃つことも可能なようだ。

しかもその精度はかなり高い。

「さぁて、他には何があるかねぇ……」

あまりに長引くようなら、この勝負は途中で切り上げる必要も出てくるだろう。

それほど急いではいないが、それでもだらだらと続けているわけにもいくまい。

太一とてそうしたくなかった。

尻尾の攻撃と、背中の山羊。

これを使わせるにはどうするか、だ。

これまで熊が使ったのは腕の攻撃のみ。

まだ、腕だけで戦える相手と思われているのか。

もしかしたら手を抜きすぎたのかもしれない。

もう一撃、入れてみることにした。

『エアカッター』もどきの中を軽やかにかいくぐり、熊のもとへ到達。

そのままくるりと身を翻して、背後を取った。

これでサソリのものらしき尻尾を使ってくるかと思ったが、そんなつもりはないようだ。

恐らく毒針による一刺しというところだろうが、それでも一度は見ておきたい。

「少しきつくいくぞ！」
太一は宙を舞う羽根のようにひらひらと風の刃を回避すると。
『Ｇｕｏａａａａａｏｏｏｏｏ!!?』
熊の四本の腕のうち、一本を半ばから切り飛ばした。
刀身の長さよりも明らかに太い腕だが、そこはそれ。
風で刃を延伸した一撃である。
そのまま熊の巨躯を蹴り、距離をとった。
さすがに痛みは激しい様子で、熊は悲鳴をこらえきれなかったようだ。
しかし直後、先程以上に殺意を乗せた目で太一をにらみつける熊。
そして、戦い方が一変した。
『Ｇｒｒｒｒｒｒａａａａａａａａａｈｈｈｈｈｈｈ!!』
やおら太一に接近すると、腕の振り下ろし。
それを避けた太一に、背中の尻尾が土手っ腹目がけてまっすぐ向かってくる。
来た。
やはり針としての使い方をするようだ。
熊の攻撃をさっとやり過ごして、先と同じように背後を取る。
正確な尻尾の突きが、真上から太一を襲った。

まるで後ろに目がついているかのようだ。

「っと」

それを飛び退いて避ける。

ヒュカッ、という乾いた小気味いい音と共に、サソリの尻尾は岩の地面を軽々と刺し穿(うが)った。

この硬い岩を穿つのだから、相当に鋭いのは間違いない。

刺されて空いた手首ほどの穴。その周囲が溶解し、刺激臭がたちのぼる。太一はわずかに眉をひそめた。

成分を調べたわけではないのでなんとも言えないが、酸だろうか。

短時間で岩が溶ける程となると、かなり強力な毒で間違いなさそうだ。

更に、連続で尾の攻撃が太一目がけて振り下ろされる。

本当に正確だ。

どうやら毒の強さに自信があるのか、急所を狙っているわけでもない。

一撃当たれば、酸の毒によって戦いの趨勢(すうせい)をも決められると理解しているのだろう。

当たればどこでもいい、という攻撃は、受ける側からすると結構面倒だったりする。

ともあれ、尾については良く分かった。

ならばこの厄介な尻尾も切り飛ばしてしまおうかとして、それは阻まれた。

背中に生えた山羊の頭。その首が一八〇度ねじ曲がり、太一に向けて大口を開けたのだ。

そこから、緑と紫が混じったような霧が吐き出される。

「それは喰らってやれねぇ！」

大きく後ろに跳び、毒霧が届かないところまで退避。

尻尾の排除には失敗したが、大きな収穫はあった。

山羊の頭は毒の霧を吹きかけてきた。

毒々しいにもほどがある色。

それが当たった地面は溶け、まばらに残っていた草が腐敗を始めている。

この即効性と効果、相当に強力なものだ。

分かっていたことだが、改めて、洒落にならない危険性を持った化け物であることが確定した。

知っているのと知らないのとではかなり違う。

身体能力だけでもレッドオーガを上回り、多数の特殊能力を保持している。

余裕をもって対処出来ると判断したからこそ、こうして手札を探れたのは悪くないだろう。

手札を実際に把握してみて、魔力強化だけでは勝てないことが分かった。

もしも次にキメラと相対するとして、同じである可能性は限りなく低い。

けれども、どれだけの強さを内包した敵であるのか、どんな特徴で特殊能力を持たせることができるのか。

そういう情報を事前に知っているのか知らないのか。

両者には天と地ほどに差がある。

ミューラにレミーア、そして凛が戦うかもしれない相手だ。これまでの三人だったら、戦わせようとは思わずに太一が仕留めることになっただろう。けれども今、彼女たちは限界を超えるためにウンディーネの薫陶を受けているところだ。

どんな手を使って限界を超えるのかは分からない。しかし、必ず限界は超えるだろうと信じていた。

そうなると、三人がどれだけ強くなれるかによっては任せることもあるかもしれない。その時のために、敵の情報を探ったのだ。

全ての手札を切ってもなお、攻撃を当てられなかった熊。

たった一瞬をもって悟ったのだろう。

熊は四つん這いになり、四肢を踏ん張った。

そして、山羊の口がめきめきと音を立てて裂けていく。

そのグロテスクな光景に辟易していると、その裂けた口に膨大な力が込められ始めた。

魔力とも違う力。その正体は不明。ただ分かるのは、それがすさまじいエネルギーであるということだけ。

手札を全て切って、それでも届かないと理解した瞬間に、奥の手を切る判断の速さ。

敵の排除を至上命題としてつくられた人造の戦闘生物らしく、素早い判断だ。

せっかく奥の手を見せてくれるというのなら、受けて立つのは太一としてもやぶさかではない。

強敵に対する、ある種の敬意を込めて。

対抗手段を準備しつつ考える。

このキメラの一番の脅威は、高いパワーとスピードといった身体能力ではなく。

いくら痛みを与えても堪えることなく戦い続ける意志の強さでもなく。

風の刃や毒針、毒と酸の霧といった特殊能力でもなく。

『GggyoaaaaaaaaAAAAAAA!!!!』

魔力ではないエネルギーをもとにした何かを撃ちだしてくるのかと思いきや。

「っ！　自爆かよ！」

薄い紫色のエネルギーが暴発し、半円のドームが広がった。

熊を中心にして、大地が抉れ砕け削れていく。

「シルフィ！　ミィ！」

ミィの力で、成人男性二人が余裕で隠れられるほどの巨大な盾を作り、シルフィの力でその盾を起点に半円状に風のバリアで覆う。

攻撃が太一の防御に直撃する。

「すげぇ力だなっ……！」

熊の強さは、太一からすると明らかに格下。

しかしその命の全てを燃やして放つ捨て身の自爆ともなれば、これほどの威力になるのか。

さすがに太一の防御を貫くほどではないが、この攻撃だけを見ればツインヘッドドラゴンにも軽くないダメージを与えるに足る威力だ。

やがて、熊の自爆攻撃が収まる。

周囲に吹き荒れた高エネルギーの嵐が収まったことを確認して、太一は防御を解除した。

半径三〇〇メートルはあるだろうか。硬質の岩盤で覆われた地面が、まるでお玉でくりぬかれたように抉(えぐ)れていた。

高い熱エネルギーも内包していたようで、至る所で小さく火がくすぶり、焦げている。

そして、爆心地。

攻撃を防ぎきってぴんぴんしている太一を視認し、熊は憎々しげに『Ｇｒｒ……』と小さくうめくと、目から光が消え、身体が地面にゆっくりと倒れた。

その身体は白く色が抜け、ボロボロと砂の城が崩れるように崩壊していく。

全ての力を出し切り、粉となって散っていく熊を見ながら思う。

敵わないと悟るやいなや自身の命を犠牲に道連れにせんとした判断の速さと思い切りの良さが実に見事で、それこそが一番の脅威なのではないか、と。

結局、とっかかりがつかめないまま一日目が終わり、二日目も陽がくれようとしていた。

濃紺の空と濃い橙色が空で混ざっている。

海の向こうに陽が落ち行くのを見ながら、まったく手がかりがないことに凛はため息をついた。

どうやら、このウンディーネの領域は、外の世界の時間経過を再現しているようだ。

夜が更けてきた頃に眠くなり、朝焼けが収まった頃に目が覚める。

大体いつもの体内時計の通りだった。

今日も収穫はなし。

その現実から目をそらしはしないものの、滅入る気持ちは抑えられない。

凛はいったん、今回の修行にあたって構築した拠点に戻ることにした。

地形の起伏もあいまって、外周を一周するにはそれなりに大きな島だが、行動しやすい範囲で歩く分には移動はそれほど苦ではない。

ほどなくして、焚き火の揺らめきが見えてくる。

偽の星空のもとだが、昨日ぶりの景色である。

「戻ったか」

レミーアが鍋をかき混ぜながら様子を眺めた。

「おかえり、リン」

ミューラが具にするらしい干し肉や、野菜らしき葉物を切っていた。

横の皿の上には保存の利くパンが三つ、真ん中で切られた状態で置かれていた。

どうやら、凛がやることはなさそうだ。

「ごめんなさい、準備全部やらせてしまって……」

凛は謝りながら空いている丸太に腰掛ける。

「気にするな。もうできるからな」

「ええ、こちらも準備が終わったわ」

レミーアが鍋の上で小さな木の実をナイフで削って投入しながら言う。

香り付け、つまり仕上げなのだろう。

できあがったスープをカップによそい、差し出された。

凛はそれを受け取ってひとくち。

「……おいしい」

塩といくつかの香辛料だろうが、そもそも持ち込める量にも種類にも限度がある。

だというのに、この深い味。

夜営の夕食にしては豪勢極まりない味といったところだ。

「そうか。それは何よりだ」

料理が趣味のレミーアが作っただけあって、味は複雑ながらも深みがあって非常に美味だ。

しかも、昨日出されたスープとは味付けも具も違う。

限られた中でこだわって調理されているのがひとくちで分かった。

「はい、リン。こちらもできたわ」

「ありがとう、ミューラ」

ミューラが手渡してきたサンドを受け取った。

まずは、とこちらもひとくち。

味付けは塩と胡椒。

葉物と柔らかくした干し肉が挟まっている。

干し肉はどうやらかなり手間暇をかけて作られているもののようで、旨味が凝縮されている。

こちらもやはり、夜営で出されるものにしてはかなり贅沢なものだ。

昼間は携帯食料を水で流し込んで済ませていたこともあって、このおいしさというのは染み渡る。

食事というのは、日々の活力にとても重要なものだと改めて再認識した。

食事を摂って、一休み。

もう後は身体を拭いて寝るだけだ。お湯は魔術でいくらでも用意できる。これもまた、普通の冒険者ではなかなか整えられない恵まれた環境と言えるだろう。

「さて。二人とも、どうだったか」

レミーアが皮切りとして尋ねる。

二人の表情を見ておおよそ予想はついていたのだろうが。

「まぁ、そうだろうな」

精霊を感じ取る。

ただそれだけのことが、これ以上ないほど難しい。

とんでもないことに挑戦しているのは分かっているので、うまくいかないのは承知の上なのだ。

なのだが、ヒントになりそうな手がかり一つ見えていない。

つまり、二日近い時間をかけて、成果一つ得られていないということだ。

ウンディーネは、自分たちで見つけることに意味があると言っている。

ヒント自体は、出そうと思えば出せるのだろう。

しかしそれをしない。

やはりこの手探り状態を今しばらく続ける必要があると分かり、明日はどうしたものかと頭を悩ませた。

隣ではミューラもまたうまくいっていないという顔をしているので、彼女も悩んでいるようだ。

「今日のところは寝るとしよう。きちんと睡眠を取らねば活力にならんからな」

ベストコンディションを保つためにはよく休むことも仕事。

それはよく分かっていることだ。

考えていても何も浮かばないので、凛とミューラはレミーアの言葉に従うことにした。

寝る準備を整えて床に入る。

レミーアも間も置かずに休んだ。

ここには外敵はいないので見張りも不要だ。

ゆっくりと睡眠を取れるこの環境は、確かに修行にはうってつけなのだった。

修行開始二日目――

「さて三人とも。本日は模擬戦に鍛錬といこうか」

「え？」

「え？」

朝食を摂った後のこと。

レミーアの言葉に凛とミューラは目を丸くした。

食休み中、この後どうするかを考えていた矢先のことだ。

すぐにできるとは思っていなかったものの、それでも長い時間をかけられない。

どうすればいいのか、とっかかりもつかめていない状態ではある、が。

だからこそ、模擬戦や鍛錬などしていては精霊魔術師の課題取り組みが遅れてしまうではないか。

そう思ったのだが、ではレミーアは何を意図してそう言ったのか。

師の発言が考えなしにされたことなど、凛もミューラもついぞ見たことがなかった。

ここはそれを聞いてみるのが先決である。

「私も含め、視野狭窄（きょうさく）に陥っている気がしてな。それに今後戦闘があることが想定される。一度肩慣らしをしておくぞ」

気分転換というところか。

根を詰めすぎてもいいことはない。

リフレッシュするのも大事なことだ。

そしてこのところ戦闘からは遠ざかっている。

カンの確認も合わせて、少々手合わせをしておくのも悪くないと思えた。

「そうですね……確かに、あたしもちょっと焦っていたかもしれません」

「ここで一息ついておくのもいいかもしれませんね」

「うむ。では決まりだ。さっそくやっていこう」

三人は草原のど真ん中に移動した。ここならば拠点からもそこそこ距離があるので、流れ弾の方向にさえ気をつけていれば問題はない。

「では始めよう。まずは、そうだな……二人同時にかかってくるがいい」

レミーアはそう言って杖を構える。

そういえば、レミーアとの訓練試合を二対一で行うのはずいぶんと久しぶりだ。

これまでは一対一ばかりだったのだ。

数の上では凛とミューラが有利。

凛が弟子入りしてからこれまでの間、結構な時が流れた。

その間かなり実力を上げ、強敵との勝負を経て強くなった自負がある。

そして、もともと資質の上ではそう離れていない。

凛だけではなく、ミューラもそうだ。なので、普通ならば勝てるはずなのだ。格上であるグラミに、二人で挑んで勝ったことがあるように。

「来い」

レミーアが言う。

それでも。

杖を右手で持ち、左手を添えて悠然と立つレミーアに、勝てる明確なイメージが作れない。

個々の実力差はある。そしてそれ以上に、レミーアは凛とミューラの癖や好む魔術、戦術などをよく理解している。それこそ本人が気付かぬところまではっきりと。

と、いうかだ。これまでも二人がかりで勝ったことがあっただろうか。思い出されるのは負けた記憶ばかり。

勝利もあったのかもしれないが、勝利として思い出せないということは、とても勝ちとは思えない内容だったというのが関の山だ。

しかしそんなことばかりいってられない。

自分たちも成長しているのだ。

凛は一度だけ、ミューラと目配せをした。

細かい作戦など、レミーアには通用しない。聡明なレミーア相手に作戦を隠し通せるはずがなく、中盤くらいまでに必ず狙いを見破られて、くさびを打ち込まれてしまうだろう。

ならば、コンビネーションで攻めた方が間違いがない。

ミューラの穴を凛が、凛の穴をミューラが埋める。

それを繰り返して仕掛ける波状攻撃。

とにもかくにも、まずはミューラの接敵だ。

『ファイアアロー！』

二人同時に炎の矢をレミーア目がけて放ち、それを追うようにミューラが駆け出した。

例えば先に凛が距離を詰め、ミューラが相手の牽制を行う、というのは二人にとっても常套手段だ。ミスリルの剣を携える剣士が近寄ってこずに、後ろにいるはずの魔術師が、『雷神剣』を手に接近戦をしかける。

これは初見殺しではあるが、逆に言えば知っていればどうということでもないものだ。

裏をかこうと欲を出せば、レミーアはそこを確実に突いてくる。

だから、そういう手はまだ使わない。

凛は『雷神剣』を生み出して走る。……そしてすぐにミューラの背中目がけて投擲(とうてき)した。

まず炎の矢は、空間を真横に走った風の刃で切り裂かれる。

ミューラが走りながら突如加速した。

レミーアの目から逃れるために。

それと時を同じくして、凛もまた『雷神剣』を手に今度こそ走り出す。

走っていたミューラがレミーアの右足下に潜り込んだ。接近する『雷神剣』と、下から攻めるミューラに対応するレミーア、の構図ができあがった。

ミューラが剣を振り出す。

『雷神剣』の着弾までは幾ばくもない。

序盤としてはこれ以上ない出来。

さてレミーアはどうするのか。

「うむ。これくらいでなくてはな」

レミーアはするりと『雷神剣』の射線から身体をよけると、杖を巧みに操ってミューラの剣を軽やかにいなした。

目標を失った『雷神剣』は、むなしくも明後日(あさって)の方向に消えていく。

そして。

「では、こうしてみよう」

彼女の身体を中心に、空気が爆発。

「っ!?」

剣を逸らされてわずかに身体のバランスを崩されていたミューラに、それを耐えきる力はなかった。

さらに、走っていた凛もまた、前方から襲い来る突風との正面衝突を強いられた。

まずい。たった一手とは。

だが、これ以上はやらせない。

風なら凛も使えるのだ。

「く……っ！」

突風に逆らわず、自分を避けるように気流を操作。

……とまあ、高度なことをしているように見えるが、実際に凛が使ったのは『エアロアーマー』である。

自身を中心に渦を巻く風のバリア。

それによって、突風が後方に流されていく。

そのまま『雷神剣』で切りつけるのは好手とは思えない。レミーアに、凛の付け焼き刃の剣術ともいえない技が通用するはずがないからだ。それが効果的なのは、ミューラが隙を作ったからこそ。

吹き飛ばされたミューラが体勢を立て直す時間が必要だ。

「これで！」

「む」

凜は手にした『雷神剣』に炎をまとわせ、地面に思い切り叩き付けた。

眼前での爆発。

『エアロアーマー』があるので、凜は無事。

レミーアにもこの程度でダメージは与えられない。

しかし、瞬間的に目は殺した。

まあ、魔力で感知されてはいるだろう。

それでも視界を奪うというのは、とても有効な戦術であるのは間違いなかった。

そのまま爆風の勢いを利用して、凜が跳び上がる。

まずは右手、次に杖を持った左手をそれぞれ黒煙に向ける。

放つのは火球二発。

「はっ！」

爆発が二度。

ワンテンポ遅れて、三度目。

体勢を立て直したミューラが、追撃の『フレイムランス』を放っていた。

感謝も心配もなしだ。レミーアはよそ見をしていい相手ではない。

そんなことをすれば、ミューラはきっと「目をそらさない！」と凛をたしなめるだろう。

空中に立ち止まり、凛はその様子を注意深く観察する。

直撃したはずだ。

それは間違いない。

しかし同時に、あの程度でダメージを負ってくれるとも思えなかった。

何せ、レミーアは偽者とはいえ相性の悪いスミェーラに一対一で勝利した傑物だ。

今もって、敵わないと思わせる相手だ。

この程度の攻撃に素直に当たってくれるのならば、『落葉の魔術師』などという二つ名は与えられない。そういう信頼があった。

「悪くないな」

果たして、その信頼に、レミーアは応えてくれた。

さてどうしたものかと頭を抱えたくなることではあったが。

「悪くない。さあ、次だ」

黒煙を吹き飛ばし、現われたレミーアはまったくの無傷だった。

そうだろうなと思う。

凛とミューラがどんな戦い方をするか、そういうのはレミーアにはバレている。

「ふむ、リンよ、面白いことをしているな。見事だ」

しまった、と凛は苦笑した。

見せるのではなかった。降りておくべきだった。

レミーアに、新たな手札を加えさせてしまうかもしれない。

一方、ミューラはふぅ、とため息をついた。

模擬戦とはいえ、レミーアと戦って手札の出し惜しみなど出来るはずがない。

遅かれ早かれ見せることになるのは間違いなかった。それが今だっただけの話だ。

相手を傷つけないように注意する模擬戦だから、弱い攻撃だろうと直撃があれば致命傷という前提で戦ってはいるので、実戦とは違い全ての攻撃が牽制になる。

それでも、レミーアに攻撃を当てられるビジョンが凛にはなかった。それはミューラも同様だ。

戦闘巧者にして強者であるレミーアを相手に探っていかなければならない。

実力は間違いなく上がったといえる凛とミューラだが、それでもなお、師であるレミーアの壁が高いことに違いはなかった。

第七十五話　気付き

昼を回った頃、太一は首都プレイナリスまで歩いて一〇分ほどのところに着地した。

調査に赴いた現地で一泊したため、日はまたいでいる。

全てを見て回る、ということをしなければ更にはやく帰ってくることができたが、そもそも太一以外では調査にかかる時間は二日どころの話ではない。

その大半が移動に費やされるが、時間がかかるのは移動だけではない。

ミィというある種の反則技が使える太一だったからあれだけスムーズに探索を進められた。太一以外ではトラップの確認などで相当ゆっくりとした進行となる。

一般論で言うなら、帰還まで五日間かかっても速すぎるくらいだ。

太一はそのまま街道に出てプレイナリスの正門に向けて歩いて行く。

街道の人通りはまだ閑散としている。

首都の問題はもう改善しているが、それが他国に知れ渡るのには時間がかかる。

まだ冬が終わっていないこともあいまって、ここが賑わうようになるのはしばらく後になるだろう。

正門にたどり着くと、太一はギルドカードを提示した。

「戻ってきたか」

調査に向かう時も正規の手続きで街を出た。

その時の門番兵が立っていたのだ。

基本的に王や貴族などの命令、許可がなければ、太一は空を飛んで街を出る、街に入るといったことはしない。

リヴァイアサンの時は、イルージアから許可、というより命令を受けたために空を飛んで海に出たのである。

「陛下からの依頼を完遂してきた」

そう、今回の調査は、イルージアの依頼で行った。

調査する価値があると最初に判断したのはイルージアではないが、イルージアが出した依頼というかたちで処理したのだ。

もろもろの面倒を避けることができるのはもちろん、何より話がはやいというメリットがあった。

「そのようだ。この後は？」

「ああ、一度家に帰るよ」

「承知した。この後騎士団の者がそちらが滞在する家に向かうはずだ。外出せず待っているように」

「分かった」

簡単なやり取りだけして、太一は正門を通過した。

途中、露店などでクロに与えるものを購入し、帰路につく。遅れた昼食を串焼きなどで適当に済ませつつ。

王直々の依頼なので、本来は城に向かうべきだ。

しかし、イルージアから「直接の報告は不要である」との言葉を頂戴している。

というのも、元々拠点とされていた場所は既にもぬけの殻。

そこから推測するに重要な資料や手がかりなどは残されていないと考えるべきで、念のために可能性を潰しておく、という意味合いが強いからだ。

なので帰還を知り次第、騎士団の者を派遣すると言われている。

太一から情報を受け取った騎士団の者から報告を受けて、直接話を聞くべきかどうかを判断する、ということで合意が取れている。

「ただいまー、っと。やっぱいないか」

帰宅するが、やはり凛たちは帰っていなかった。

まあ、泊まりがけでの修行になるとあらかじめ分かっていたので、驚きはない。

それに、太一とてやることがないわけではないのだ。

三人がいない間の家事やクロの世話、ウンディーネの力の把握に、城から話があった場合のやり取りなど。

最後は特に接触がなければ動く必要はないが、現在の自分たちの立ち位置だと、何かしらある前提でいた方がいいというのが四人の認識である。

まずは待たせていたクロの世話だ。

「よう、クロ。ただいま」

クロはブルルと鳴いた。

買ってきたクロ用の食べ物を渡してやる。

この国に来てからほとんど構ってやれていないので、そろそろ遠乗り的なことをしてやるべきだろうかと考える。

全力で走らせてやるのも悪くないだろう。

この空き時間、ダラダラしていても誰にもとがめられないので、自分との戦いでもある。

クロにブラッシングを施して部屋に戻る。

もうすぐ夕食の時間が近いが、今すぐというほどでもない。

少し休んでおこうかと靴を脱いでソファに横たわる。

昨夜は夜営だった。周囲を警戒しなくていい分楽な夜営だったが、やはり家で寝る方が疲れは取れる。

太一は確かにチート能力を所持している。

しかし、だからといって疲れないわけではない。

魔力強化をしていれば肉体的な疲労は軽減されるが、代わりに魔力が減ったことによる倦怠感が増していくのだ。

いくら太一といえども、無休の活動、というような鉄人の真似は難しい。

とはいえ眠ってしまうとすぐに起きられるかは微妙なので、ただちょっと横になる程度だが。

そんな時。

玄関ドアのノッカーが鳴らされた。

「……ああ、来たのか」

太一は玄関に向かい、ドアを開ける。

そこに立っていたのは第九騎士団の中隊長、マルグリッド・ラミタールだった。彼女の後ろには部下と思われる騎士が二人立っている。

太一と顔見知りであるという理由から、彼女が派遣されたのだろう。

「いらっしゃい、マルグリッドさん」

「ああ、夕方という時分に済まない」

「気にしないでください」

どうせ太一一人。

夕飯は適当にどこかの定食屋で済ませようと思っていたので、準備に追われたりはしていない。

「貴殿が受けた依頼についての報告を受けに参った。……ところで、夕食はこれからかな？」

「これからですね」

「それはちょうどいい。では、こちらで手配するゆえ、食事をしながら話を聞かせていただけるか？　無論、こちらで持たせてもらう」

「いいんですか」

「もちろんだ。遠慮などしないでもらえるとありがたいな」

「じゃあ、ありがたく」

ごちそうしてくれるというのなら、ありがたく受けることにする。

相手は大げさに言えば国からの使者だ。

こういう時、変に遠慮しない方がいいと、太一はこれまでの経験で学んでいた。遠慮謙虚謙遜が美徳とされる日本人の感覚からすると、少々図々しいと感じるくらいでちょうどいいかもしれない。

「うむ。……例の店、席を確保しろ」

「はっ！」

マルグリッドが振り返り、部下に言う。

二人のうち一人が命令を受け、太一に敬礼すると去って行った。

「では、準備ができたら声をかけて欲しい」

と言っても、太一の持ち物など財布と冒険者ギルドカードを携帯するだけだ。

「すぐ終わるんで」

テーブルの横に無造作に置いていた荷物から財布と冒険者ギルドカードを取り出して、外套を羽織って終わりだ。

「済みました」

「そうか。では、行くとしよう」

歩き出したマルグリッドについてゆくこと、おおよそ一五分。

案内されたのは上級市民街にあるレストラン。

ぱっと見て、明らかに貴人や大商人が使う格式高い店だと分かった。少々金を稼いだ程度の商人では、高額の支払いが問題なかったとしても門前払いだろう。

建物の外見からして、つくりの質が相当に高く、上級貴族の館にも劣らない。

「お待ちしておりました。マルグリッド様」

訪れたマルグリッドを見て、ボディガード兼案内役だろう店員が声をかける。

「席は用意できているか？」

「はい、すべて滞りなく。では、ご案内いたします」

「ああ、頼む」

マルグリッドに続いて店内に入ると、予想通り装飾のひとつから客にいたるまで、やはり高級感に満ちあふれている。

そして、マルグリッドが共に連れている太一は明らかに場違いな装いだが、それについて店員は完全にスルーし、マルグリッドと同じ対応だ。

高貴な者にはそれぞれ事情がある場合も多い。

格式高いのは見た目だけではなく、店員ひとりひとりの質についても自負がありそうだ。

ウェイターの先導で案内されたのは完全な個室。

「それでは、ご要望通りに順次持って参ります」

「ああ、頼む」

席についた太一とマルグリッド。

それを確認したウェイターが一礼し、退室していった。

「見事な店ですね」

「この店は国営でな。時折陛下も気分転換にとお食事にいらっしゃるため、この店を利用できるのは貴族のみだ」

なるほど。

イルージアも使う店ともなれば、色々と立派なのは当然か。

「ゆえに、店としても格式という点については特にこだわっている」

「それはそうでしょうね」

「ここの個室内での会話は個室の外には漏れない。なので、高位貴族が会談をすることもあるほどだ」

「……そんな店の席を取っちゃっていいんですか？」

「構わぬ。貴殿はこの国にとっての恩人であり、こたびは陛下より直接依頼を賜った人物だ。特別扱いをせねば方々のメンツが立たないのでな」

なるほど、と太一はうなずいた。

まあ、特別扱いといえば、もはや珍しいことではなくなっている。

何せ王城での宿泊から、皇帝の執務室での密命といったことはこれまでも経験していた。

それと比べれば、高級料理店など今更と言えば今更だ。

「料理についてはコースではなく、適当に調理が済んだものから持ってくるように注文しである。作法などは特に気にせず、気楽に愉しんでもらいたい」

「気遣いありがとうございます」

そういうことなら、マルグリッドの言う通り太一も気軽に食べられる。

作法についてはレミーアから教わっているので、最低限レベルではあるができる。

けれども気にしなくていいと言うのならそれに越したことはなかった。

いくつかの料理が運ばれてきた。

コース料理と言えば普通前菜から……という感じで順序があるのだが、本当に順不同なようでいきなり肉料理もある。

慣れてきたとはいえまだまだマナーの方に意識を割いてしまう状態では、せっかくの絶品料理の味も薄れてしまうのが悩みどころだった。

「さあ、せっかくだ。食べようか」

「じゃあ、いただきます」

並べられたカトラリーにも使う順番がある。しかしそれらはこの場では無用とばかりにマルグリッドが率先して適当に手に取っている。太一もそれにならい、気にすることなく食べたいものから手をつけていく。

どの料理もさすが高級店というべき味だ。

鉄板で焼かれたと思しき肉は柔らかさとジューシーさが絶妙なバランスで同居している

にもかかわらず、脂がおさえられていてる。

白身魚のレアステーキは身がしまっていておいしい。

どれもこれも文句のつけようがない美味だ。

慣れ親しみこちらの世界でのお袋の味的な立ち位置となったレミーアの料理もうまい。

こういった料理もうまい。

贅沢を言わない舌がありがたい。

最初に来た皿があらかた空いて、次の料理群が運ばれてきたところで。

「……そろそろ腹も満たされてきた頃だと思うが」

マルグリッドからそう切り出され、太一はうなずいた。

空腹がある程度満たされるまで待ってくれた彼女の配慮をありがたく受け取っていた太一である。

「改めて、報告を聞かせていただけるかな？」

「分かりました」

◇◆◇◆◇◆◇◆

「そうか……そのような怪物がいたのか」

古竜が発見した敵の拠点は既に空き家であったことは分かっていた。

それをしらみつぶしに探して改めて何もないことを確認した。

そこまではいい。

マルグリッドの感覚になるが、太一の探索方法と敵拠点の広さを話に聞いた限りでは、騎士団で探索調査を行うとすれば三日では足りなくなるだろう。

人数と船での移動時間、探索にかかる時間と調査隊の維持にかかる物資、その全てを金銭的コストとして頭の中で簡単に算出したマルグリッドは、頭痛と驚愕を同時に覚えた。

そのコストの半分を太一に渡しても釣りが十分に来るレベルである。

まあ、どんな報酬を渡すのかはマルグリッドの主上であるイルージアが決めるのだが。

何もないことが改めて分かっただけでも収穫としては大きい。

太一がいなければ、代わりに騎士団に調査命令が下っていたことは明白だったのだ。

そして、イルージアが太一に依頼を出したことで、騎士団員が救われたことになった。

「合成生物か……聞いたことがないな」

マルグリッドは首をひねる。

「かなり強かったですね」

後ろ足は二本だが、鋭い爪が生えた前腕は通常の位置に二本、その後ろから更に二本生えた熊。四本とも金属の腕輪をはめているところが、野生のものではないと訴える。腕輪からは短い棘がついた短い鎖が取り付けてある。更に背中からは同じく真っ赤な山羊が生えているうえ、尻尾がサソリの尾に変化している態。

およそ聞いたことがないというのも当然だ。

太一はキメラ、キマイラというものを知っていたからだが、その前提知識がなければおぞましい、と表現する他ないだろう。

「強いというのは分かる……だが、具体的にはどの程度強いのだ？」

「そうですね……」

戦った所感を述べる。

レミーアやスミェーラといった、この世界の人類最高峰の人間が戦ってもまず殺されるレベルの強さである、と。

それを聞いたマルグリッドは険しい顔をして腕を組んだ。

「それは……。我が国の軍は精強であると自負しているが、そのキメラとやらにぶつけるわけにはいかないな」

そう、ぶつけても無駄死にして終わるだけ。

太一に倒してもらうしか方法がない。

物理的に不可能なのだ。

「そういうのがまた出てきたら、俺がやるしかないかなって思います」

「ああ。及ばない心苦しさはあるが、そのようなことは言っていられぬからな」

太一としても、それで人死にが出ることまでは望まない。

マルグリッドを始めとする騎士たちが普通なのであり、太一と、あのようなキメラを創造できてしまう連中が異常なのだから。

「詳細は以上か?」

全て伝えた。これ以上話すことはないので、うなずく太一。

「報告は私の方からあげておくとしよう。ないとは思うが、陛下が直接の説明をご所望されたら、対応を願う」

「分かりました」

イルージアに呼ばれても、話す内容はマルグリッドに伝えたことと変わらない。実際にその目で見た者の話を聞きたい、と思うかもしれないということだろう。まあ、ないと思う、とマルグリッドが言う通り、可能性としては低そうだ。

「さて」

マルグリッドが話を変えようとする。

太一が報告途中に持ってこられた料理第三弾もあらかた食べ終わり、食後のお茶を飲んでいるところだ。

余談だが、太一はもとから健啖(けんたん)であるものの、マルグリッドも騎士というハードな仕事をしているからか、その細身な身体の割にはよく食べる方だった。

「なんです？」

「陛下からの仕事が終わった今、貴殿には特に課せられている仕事はないと認識しているが、間違いはないか？」

「そうですね」

やること自体はある。

どれもおろそかにはできないが、仕事というわけでもない。

そう言う意味では、課せられている仕事はない、というのは間違っていなかった。

「では、私から提案があるのだが、いかがか？」

ふむ、と顎に手を当てる太一。

とはいえ、深く考えるにはいたらない。

「内容次第ですけど」

「無理なことは言わないよ。では……」

その後は和やかな雰囲気のまま、報告会という名目の会合は終了した。

模擬戦闘が終わり、現在は鍛錬を行っていた。

「リン。制御がぬるい。毛の先ほどしか変わっておらんぞ」

「む、うぅ……っ」

レミーアから指摘されるも、凛のほうもいっぱいいっぱいだ。

今凛が行っているのは、基本中の基本である魔力操作だ。

欠かさず続けることを厳命されていた訓練なので、やること自体に戸惑いはない。

ただし、現在レミーアから課せられた鍛錬は、これまでのようにうまくはいかない。

イメージとしては、これまでがゼロから一〇〇まで四刻みの調整だったとすれば。

それが、現在はゼロから一〇〇までを二刻みでの調整になったと考えてもらえば良い。

より高い精密さでの制御を言い渡されているわけだ。

難易度は段違い。

ゆえに、凛は現在自分との戦いに明け暮れていた。

「ミューラ、お前も緩いな。どうしたその程度か？」

「く……う」

ミューラもまた苦戦している。

正直、四刻みの精度でもかなり精密と言うことができるし、これまでそれで加減についでは困ったことがない。

だが、レミーアは二刻みでの制御を難なくこなしてしまう。

魔術師とはなんぞや、という点について、レミーアの主張は一貫している。

魔力制御能力にはじまり魔力制御能力に終わる、だ。

表現が違うことはあれど、レミーアが言うのはそういうこと。

魔術の糧になるのは魔力。それを満足に操作できずして、魔術は十全には操れない。

今取り組んでいるウンディーネの課題に直接は関係ないものの、魔術師としては外せない修行となる。

「お前たちの腕前ならば、この域に達すれば世界がまた変わるぞ」

と、レミーアが再びデモンストレーションを行う。

今凛とミューラができる魔力操作よりも、はるかに精密だ。

誤解がないように言えば、実際に数字に表すことができれば、その差は微々たるものであるのは間違いない。

しかし、その微々たる差が凛やミューラがいる領域では非常に大きい。

たったこれだけの差によって勝敗が左右される。そういったことも普通に起こりうるのだ。

先程の模擬戦闘、凛が捨て身の攻撃を仕掛け、カウンターにより戦闘不能判定になりながらも、ミューラを肉薄させるまでにいたった。

しかし、あと少しで刃が届くかというところで、知覚外からの攻撃を剣を持つ腕に受けた。当たった魔術は『エアカッター』だと思われるが、切断力を極限まで減衰させたのか、内出血しただけだった。

これが実戦なら、レミーアの攻撃はミューラの腕を切り飛ばす威力で放たれていたことだろう。

肉薄したとはいえ凛が戦闘不能……本来ならば腹部を貫通する致命傷だったので大敗というところか。

まあレミーアの評価は、「それでなければ止められない相手ならば、最後の手段としてはなしではない」だったが。

それよりも論点とすべきなのは、勝負の決め手になった、ミューラが気付けないレベルで気配が隠蔽(いんぺい)された知覚外からの攻撃だ。

「あの攻撃は、魔力を絞った結果だ」

と実践つきでレミーアは説明した。

その魔力制御力は、一見凛、ミューラとも大差はない。

しかし見せつけられた当人たちにとっては穏やかではいられなかった。

「そろそろお前たちも、このレベルの魔力制御ができるようになってもらわんとな」

というのが、魔力制御の修行で一段上にチャレンジしている経緯である。

きつい。

厳しい。

先が見えない。

かなり困難だ。

当然である。これは壁への挑戦なのだ。

精霊魔術師への全く新しい道を開拓するわけではなく、これまで歩んできた道の延長線上にある壁をぶち抜く挑戦だ。

新たな領域に足を踏み入れられるとなればやらない理由はないし、何より良い気分転換である。

「こらリン、力で押さえつけようとするな。そういうことではない」

うまくいかないからと無理矢理やろうとしたところをたしなめられたり。

「ミューラ。それでは変わっておらんぞ。糸を細くする感覚を持て」

あの手この手で試してはいるものの、一向に変化が出せなかったり。

かつては魔力の操作ができるようになるまでにとても苦労した記憶がある。

現在やっていることはその修行のさらなる洗練を目指したものであり、本質的には同じことだ。

体感では、当時よりも技術がある状態で取り組んでいる現在の修行の方が数段難易度が上のように感じられる。

それからさらにしばらく取り組むものの、いまいちつかみきれなかった。

「ふむ、いったん休憩とするか」

二人とも行き詰まっていることを見て取ったレミーアが、そう告げた。

「……ふぅ」

知らずこわばっていた身体をほぐすように、ミューラが力を抜いた。

力を抜いたことで、力が入っていることにすら気付いていなかった有様だった。

「これは先が思いやられるわね……」

こうまでうまくいかない修行はそう多くない。

レミーアに師事し始めた当初、『魔封剣』の習熟、そして今回の三度目だ。

それ以外の修行は、ミューラに才能があったのか、運良くとっかかりを素早くつかめたのか、ここまで難しいと感じることはなかった。

「ぷはっ」

息まで詰めていたのか、強く空気を吐きながら凛が脱力した。

まあ仕方がないことだ。ミューラも気持ちはよく分かる。

このような難題に挑むとなれば、いっぱいいっぱいになってしまうのもさもありなん、というところだ。

少し息が荒くなっている凛を見て、ミューラは怪訝そうな顔をした。

うつむき気味の彼女は、息を整えながらも目を丸くしていたからだ。

「……リン？」

声をかけるも、返事はない。

凛は肩を小さく上下させながらも、そんなことは気にならない様子で口元に手を当てた。

「……どうした？」

その普通ではない様子に、レミーアもまた凛を見つめた。

凛はやおら顔を上げると虚空を見据えた。

「もしかして……」

外野の声が耳に入らないほどに、自分の思考に没頭しているようだ。

どうやら何かに気付いたらしい凛。

ひとまずは彼女が満足するまでは待ってみようと、ミューラとレミーアは静観することにする。

凛はしばらく一点を見据えていたがそこには当然ながら何もない。

そう思うのはミューラとレミーアで、凛は何かがあるように感じているようだ。

すると、凛が魔力を練り上げ始める。

彼女の能力からするとそこそこの量を練り上げ、それを無造作に放った。

凛を中心に広がっていく魔力の波。ちょうど凪いだ水面に石を投じた時に生じる波紋のように。

果たしてそれに何の意味があるのか。

ミューラが固唾を呑んで、レミーアが興味深げに見守る中、どうやら凛の中で結論が出たようだ。

「……やっぱり」

何かを確信したようにうなずくと、凛は虚空を見据えたまま、

「そこ、いるよね」

と言った。

「……!?」

「リン、お前、今なんと？」

「そのあたりに、精霊がいると思います」

驚愕を隠しきれないレミーアに訊かれて、何もない虚空を指さして答える。

そのあたり、と言われても、何も見えないレミーアためさっぱり分からない。

「……ふむ、今魔力を広げたが、それで分かったのか？」

「はい」

なぜ唐突にそんなことを言い出したのか。

直前に凛がしたことは、魔力を練って、魔術にはせずにそのまま放ったことだ。

それの使い道といえば自分の居場所を相手に知らせることくらいか。

圧縮されてもいないので武器にもならない。ただ、魔力を放出しただけだ。

凛が持つ手札のひとつ、ソナー魔術の前身といえるだろうか。

ソナー魔術との違いは隠蔽（いんぺい）が施されているか否かである。

敵の位置および存在を探るためなので、隠すのも当然だ。

「そうか」

凛に言われた通り、レミーアも魔力をそのまま放ってみることにした。

あれこれと考察するより、やってみるのが手っ取り早い。

何の意図も持たせず、魔力が広がるように放つ。

その最中、そういえば先程、凛が魔力操作のために溜めていた魔力が拡散したことを思い出した。

もしかすると。

その予測を裏付けるように。

「……なるほど。広げた魔力が、何者かに遮（さえぎ）られる。何もないはずの空中で、不自然にな」

やってみて理解した。

なぜ、凛が「いる」と言ったのかを。

レミーアの様子を見ていたミューラも同じことを試し、「本当だわ……」と目を白黒させていた。

「お見事です。見つけられましたね」

と、そこに響いたのは水のエレメンタル・ウンディーネの声。

三人が思わず顔を上げると、水が集まって形をなし、ウンディーネへと変化した。

「見つけられた、というのは？」

「ふふ。皆さんが自力で精霊を見ることができる方法を、です」

見つけられた、というが、まだまだ姿を見るにいたっていない。

魔力が遮られたことからそこに何かがいるのは分かるが、まだ姿は見えていない。

まだそんな状態だというのに、ウンディーネは。

「これで課題はクリアといたしましょう」

そう言うのだ。

「何も、肉眼で視認できるだけが、『見える』状態ではございませんからね」

「なるほどな……確かに、目には見えないが、そこにいることは分かる」

「そういうことです。皆さんは、魔力で精霊を見ることができるようになった、そう解釈してください」

この島ではウンディーネが調整しているから魔力で精霊を見ることができる。この島から出れば同じようなことは起きないが、それは言わなくてもいいと判断したウンディーネである。

もしもこの後の課題もクリアできれば、より明確に精霊の存在を感知できるようになるのだから。

「それではお三方。お待ちかねの、次の段階へ進むとしましょう」

緊張の一瞬。

それぞれ度合いはあれど、三人からそれを感じ取ったウンディーネ。

ウンディーネは焦らして反応を楽しむ、といった趣向は持ち合わせていないため、さっさと内容を明かすことにした。

「次は、皆さんと契約してもいい、という精霊を探してください」

「精霊を探す？」

「そうです。精霊ならどの子とでも契約できるわけではございません」

話を聞けば納得できるものだ。

精霊との相性の問題。

そして精霊の好みの問題。

精霊魔術師を好ましいと精霊側が思ったとしても、相性が悪ければ契約とはならない。精霊と精霊魔術師の相性が良くても、精霊にとって好みでなければ契約とはならない。精霊とて一個人である以上、当たり前の話だった。

「あなた方を気に入り、かつ相性も良い精霊は確実にいます。なので、その精霊を探してあげてください。それから……その気に入っている精霊には、『もし実際に出会って、やっぱり気に入らないと思ったら無視していい』とも伝えてあります。なので、精霊に見られていることも意識するといいでしょう」

「ここまで来たのだ、是非とも笑ってここを出たいものだな」

思い込みで課題を必要以上に強大に見てしまわないように、気をつけた方がいい。慢心は良くはないが、はじめから困難だと萎縮するのも避けたい。

「そうですね」

「はい」

課題をクリアし、精霊魔術師への道を一歩進めたことに勢いを新たにする三人。

「是非、がんばってくださいね」

ウンディーネは微笑みながら激励する。

（……面白いこともあるものですね。やはり、この世界の住人ではないからでしょうか。数奇なものを、持っているようです）

彼女の今後について、ひとつ知る機会があった。

その面白い可能性にウンディーネは口の端をかすかに上げる。

是非とも全員揃（そろ）って課題をクリアして欲しいものだ。

その結果見せられるものはきっと、ある意味では自分のマスターよりも、レアかもしれないからだ。

それは彼女のみならず、この世界の住人にとっても、新たな世界として大きな糧となることだろう。

家事は結構大変だ。

太一はモップを壁に立てかけ、額ににじんだ汗を袖で拭いた。

外はかなり寒い。

なので当然ながら家にいる時は暖炉（だんろ）に火を入れているのだが、長年北国で暮らしてきた人々の知恵がなす技なのか、断熱効果がかなり高く、掃除で身体を動かしていると汗をかくほどだ。

貴族が泊まりたいと思う程度の広さはある家なので、一人で掃除するのは大変だ。

今回太一は、一階の床のモップがけと、ダイニングテーブルや椅子（いす）の拭き掃除にとどめた。

一人でやると丸一日かかっても終わらないのと、午後から用事があるため家の掃除は時間的にこのくらいが限界だったのだ。

クロのブラッシングが終わるくらいでタイムアップ、出かける準備をする必要がある。

「さて、あと一息だ」

やることがなければダラダラと無為に時間を浪費してしまうことは、これまでの自分との付き合いで太一はよく分かっている。

こうして予定に追い立てられているくらいがちょうどいい。

逆に、意図的に身体を休めるために何も用事がない休養日を設ける必要があるだろう。

もっともその辺りはいずれ考えれば良いことだ。

まずは目の前のことを済ませるため、上着を羽織ってからブラシを持って表に出るのだった。

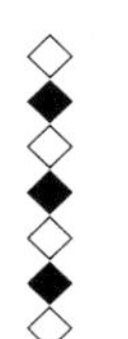

登城に際して、城の敷地内への出入りは基本的に問題ない。

太一はイルージアが自ら依頼を出した冒険者なのだ。この国を拠点にしていたら王御用達の冒険者といっても過言ではなかった。

王自ら言葉を交わした冒険者を、自分の独断で追い返すようなマネは、一介の兵士にはまずできない。

「便利なもんだ」

ただし、アポなしだったり緊急でない場合は登城の理由を述べ、城内に確認を取り……とそれなりに時間がかかる。

今回はマルグリッドに渡されていた書状のおかげでほぼ顔パスである。

書状には発行者であるマルグリッドの印と、所属する第九騎士団の印が押されていたからだ。

城門の守備兵から聞いた方向に向かうと、それなりの大きさの建物と、とりわけ広い敷地。

シカトリス皇国の城は、城壁が二重に設けられている。城そのものを囲う城壁と、その外側に敷地全体を囲う城壁。内側の城壁を第二城壁、敷地を囲う城壁を第一城壁と呼んでいる。

そして、練兵場があるのは第一城壁と第二城壁の間だ。

練兵場は全ての騎士団が共用するため、かなり広く取られていた。

そこでは軽装の騎士たちがそれぞれ鍛錬に励む様子が見て取れる。

立て看板には『練兵場』との記載があった。

どうやらこちらで間違っていなかったらしい。

誰かいないかと練兵場を見渡す。

すると。

「何かご用ですか？」

後ろから声をかけられて振り向く。

そこには文官と見受けられる青年がいた。

この近辺には騎士宿舎もあることから、メインで利用するのは騎士たちだろう。

この青年は、身体自体はそれなりに鍛えてはいるようだ。しかしたたずまいというか、醸し出す雰囲気から察するに戦いを生業にしているようには見えない。

「ああ、えっと……第九騎士団の、マルグリッドさんを探してるんですけど」

「はあはあ、なるほど、あなたがタイチ・ニシムラさんですね。騎士団詰め所の方にも通達が来ておりますよ」

「そうですか、それで、えっと」

ああ、と気付いたようにひとつうなずく青年。

「申し遅れました。私はスタイン・グラウゼンです。第九騎士団の事務部門を担当しております」

微笑みつつスタインは略式の敬礼をした。

「それでは、私がご案内いたしましょう」

「お願いします」

太一はそれをありがたく受けることにした。

まあ、向かう先は練兵場なのだが。

話がスムーズに済むので、案内してもらう方がいい。

案内されつつスタインから聞いた話によると、事務部門というのは、騎士団の運営運用に関わる雑務や他部署との折衝などをする係だ。

騎士団は戦闘をはじめとした軍事行動だけしていればいいわけではない。

事務方は予算や兵站(へいたん)の管理に経費の申請、作戦行動に関わる諸々の許可申請、報告書類作成などを行っているという。

とかく武器をもって活動する者たちが目立つが、騎士団は人の集まりだ。

人の集団は動く時はもちろん、維持するだけでも多大なコストを要する。

騎士団そのものの維持をするための、屋台骨を支える部署ということだ。

なので騎士団の事務部門に、別の部署にいた文官が異動してくるのはよくあることだという。

移動しながら話を聞いていると、第九騎士団が集まっているところまでたどり着いていた。

「こちらです」

先日話をしたマルグリッドを見つけた。

マルグリッドは、騎士団員の模擬戦らしき訓練を一段上から見守っている。

「副団長。お客人を案内いたしました」

「ああ、すまない」

マルグリッドは振り返ると、太一を見て小さく笑みを浮かべた。

「おお、来たか」

「では、私はこれで」

「助かった、グラウゼン」

「いえ。それでは失礼いたします」

スタインが去って行く。

残されたのは太一とマルグリッドだ。

「済まないな、助かる」

「俺にとっても都合がいいので気にしないでください」

太一がこの場所に来た理由。

マルグリッドから依頼されたのは、騎士団の相手をすることである。

シカトリス皇国の中枢部、特に騎士になるような者たちは、この国の役職としてもかなり高い方だ。

そんな彼らは、太一が強いことはよく知っている。

この後も大きな任務が控えている。

そして、太一と共に訓練することは、きっと騎士団にとっては任務に向けて大きな糧になるだろうと判断してのことだ。

「では、第九騎士団団長と顔合わせをしてもらおう」

第九騎士団の団長は、一人黙々と素振りをしていた。

「団長。ニシムラ殿に来ていただきました」

「そうか」

メルクリアスが振り返る。

「第九騎士団の団長を務めているメルクリアス・ジルラードと申す。此度は我らの要望を聞いていただき感謝いたす」

硬い挨拶だ。

寒さのため厚着をしているからかずいぶんと熱がこもっているようで、身体から湯気が出ている程だ。

マルグリッドからは、お堅く冗談が通じないが、公明正大で情に厚いと聞いている。相手をすると気疲れすることも多いが、信用できて頼りになるという点においては他騎士団の団長と比べても追随を許さないという。

まあ、その性質から少々煙たがれることもあるものの、功を誇らず罪を偽らないことから、イルージアからも全幅の信頼をされている。

「こっちも勉強させてもらいます」

先程マルグリッドにも言ったが、太一にとっても都合が良い。

太一が騎士団の訓練に混ざることは、間違いなくイルージアも知っているだろう。

何が都合が良いかと言えば、何かが起きた際それをすぐに知らせてもらえることだ。

イルージアから非常事態発生の知らせが来た場合、凛、ミューラ、レミーアの修行を請け負っているウンディーネを通じて共有できる。

緊急の情報が早く来る、訓練場があるのでここでもウンディーネの力の習熟ができる、これら二点から、依頼を受けた方がいいと判断した。

なお重要度としては一段階下がるものの、騎士たちの訓練に混ざることで、正統派の剣術を学べることも判断素材の一因である。

太一にとっての剣の師はミューラだが、それ以外の剣術を見て知ることもまた、糧となることだろう。

「ふむ……ではさっそく、少々切り結んでみたいと思う。準備はいかがか？」

「大丈夫です」

恐らく、身体を温めたりする必要はあるか、という意味で聞いてきたのだろう。

太一の返答を聞いて、メルクリアスは感心したようにうなずく。

短い返事だったが、その言葉の裏に込めた「実戦では準備運動などできない」という主張を正しく受け取ったのだ。

「では始めよう。マルグリッド」

「はっ」

彼女は腰に差していた剣を剣帯から外し、太一に手渡した。

「刃引いた訓練用の剣だ。これを使え」

「分かりました」

受け取ったのはオーソドックスな長剣。長さも重さも武具店でよく見かけるものだ。柄もそこそこ長く、片手持ちも両手持ちも対応している。切れ味を殺している代わりに、頑強さに振っている。

構えたメルクリアスの剣と同じものだ。

本来は盾も装備しているようだが、持たないまま始めるようだ。

まあそれも、戦場で盾を失った局面でも戦えて当然、ということだろう。

先程の太一の短い返事に似通った理由だ。

太一は腰に差してきたミスリルの剣と刀を外してマルグリッドに預かってもらう。

模擬戦で真剣など使わない。

腰に訓練用の剣を差して抜いたのを確認し、メルクリアスが踏み出した。

「行くぞ」

太一も応じて構える。

シカトリス皇国の騎士団で採用されている皇国流の剣術は、エリスティン魔法王国、ガルゲン帝国の騎士団が採用している剣術と同様に正統派だ。

メルクリアスから見て、太一の構えは様になっているものの我流であることは間違いない。

しかしその構えによどみはなく、技術もそれなりにあるように見える。

メルクリアスがそんな感想を抱いていると、太一が先に踏み込んで斬りかかった。

振り下ろした剣が鈍い音で受け止められる。

その威力から、太一は竜を足止めした時の力は出していないことが分かる。

技術としては騎士に比べて拙(つたな)いものがある。

「むんっ」

「っと」

メルクリアスが受け止めた剣を払う。

それに合わせて太一が飛び退く。

飛び退いた太一が着地する瞬間を狙い、メルクリアスが距離を詰めた。

足下を狙った横一閃。

太一は風を使って上昇気流を起こして着地速度をわずかに下げる。

下がったのはたった一拍程度、一呼吸にも満たない時間だが、メルクリアスとて国軍といえる騎士団の団長を務める者。

その一瞬のずれだけでもずいぶんと変わる。

かわされた足狙いの一撃から剣閃が跳ね返り斜め上に切り上げられる。

それを受け止め……ずに刃の上で滑らせる。

同時に踏み込みながら掌底。

メルクリアスはどう受けるか。

剣を使わない反撃に、メルクリアスは手のひらを使い受け流す動きで太一の掌底を横に逸らした。

一通りのやり取りが終わり、二人は少し距離を取った。

「今のは、小さい盾か……」

ぽつりとつぶやく。

あの動き、腕にはめるタイプの盾ではなく、手に持つタイプの盾で行うものだ。

太一が名前を思い出せなかったバックラーという盾だ。

あれが大きな盾なら、掌底など正面から受け止めてしまえば良いのだから。

この世界の武器は、身体強化魔術前提で作られているのでかなり頑丈なのである。いくら強化していても盾を破壊できるほどの威力を素手で出すのは難易度が高い。

メルクリアスに言ったわけではない太一のつぶやきだが、拾われたようで律儀に返事がきた。

「選択肢を限定する理由はないのでな」

騎士団としてスタンダードな、バックラーよりも少し大きい盾を持ち歩く騎士が多数派ではあるものの、正式装備として用意されている盾の種類は複数あり、各々の騎士が採用する戦法に合った盾を選ぶのだという。

メルクリアスはそのスタンダードな盾を基本として、バックラーなど複数の盾の使い方を習熟しているのだという。

「なるほど」

確かにひとつに絞る必要はない。

選択肢が多い方がいいというのはその通りだからだ。

「身につける技術は、その全てが騎士の命を守るもの。それが限られている、即ち騎士の命がより危険にさらされるということだ」

その通りである。

戦場で盾を失う事態は普通にするべき想定だ。

その状態での模擬戦だったが、メルクリアスはバックラーの技術を応用して太一の掌底を防いだ。

例えば盾を失った後、運良く見つかった盾が普段使わないバックラーであっても十分以上に戦えるというのは大きい。バックラーの技術を会得していなければ間に合わせとなってしまい、それを手にすることで余計に戦闘力は落ちてしまう。

そうなるくらいならいっそのこと盾なしの状態で戦った方がいいだろう。

「騎士とは守る者。騎士が守るためには、まずは己の命を守れなければ話にならぬ」

国の矛であると同時に盾でもある、それが騎士というものだとメルクリアスは語る。

「しかし、そなたの剣は面白いな。その分だと、拳法も使うのだろう?」

メルクリアスは興味深げだ。

「まあ、俺に剣を教えてくれた師も、剣に蹴りとかも混ぜますし……」

太一は剣の刀身をきん、と指で弾いた。

「俺の場合、剣を使わない方が強いんです」

「なるほど……」

メルクリアスは思わずうならざるを得なかった。

どれだけ強大か、いくら見上げてもその天井すらうかがえないティアマトを押さえ込んだのが、メルクリアスの目の前にいる少年だ。

「武器が耐えられない、ということだな」

「そういうことです」

納得した様子でうなずく。

一度リヴァイアサンが、生え替わった鱗（うろこ）を捨てるのもなんだとイルージアに提供したことがある。

そこそこの枚数があったようで、国宝として一〇枚保管してもなお、騎士団全体に行き渡ったのだ。

その鱗に対して、この国一番と名高い鍛冶（かじ）師が心血を注いでつくりあげた名剣で斬りつけたことがあったが、まあ当然の結果というか剣の方があっさりと負けた。

欠けるだけならまだよく、折れてしまった剣もあった。

鍛冶師と共に、力及ばずと現実を思い知らされたのは良い思い出だ。

なお、その鍛冶師は間違っても世界一とまで言うことはできないが、それでも世界最高峰であることは疑いようがない。

そんな腕の良い職人が、国の支援を受けて金に糸目をつけずに打った剣で、この国で最も剣の腕がいいと言われる剣士たちでまるで刃が立たなかったのだ。

　メルクリアスは思う。

　太一は、そのような相手と戦うことが多いのは間違いないと。

　そうすると、人間が作った剣では不足してしまうことは十分に起こりえる。

　太一が持っている剣は、どちらもメルクリアスの目から見て業物といえた。

　それらを使う相手は、人間でも勝てる相手に限られてしまうのだろう。

「よく分かった。……ふむ、いったんこの辺りにしておくか」

　メルクリアスは剣を鞘にしまう。

「それでは、この練兵場にいる者たちを揉んでやってくれ。何、とことんまでしごいてもらって構わん」

「分かりました。俺も騎士団の剣術を見せてもらいます」

「無論、思う存分盗んでいって欲しい。マルグリッド、こちらに来るのは一日おきとのことだったな」

「はっ。ニシムラ殿は宮廷魔術師たちとの訓練もありますので、次回はそちらに顔を出すことになっております」

「うむ。これは今後楽しみになりそうだ」

「俺も楽しみにしています」

太一とメルクリアスは笑顔を浮かべて握手を交わした。

ウンディーネは昨日のことを思い出す。

三人の様子を、上空から見守っている時のことだった。

ふと、背後によく知った、猛烈な威圧感を感じて振り返る。

そこにいたのは、ウンディーネであっても頭が上がらない存在。

闇の精霊シェイドだった。

「ウンディーネ、面白いことをしているね」

彼女はいつも通りの笑みを浮かべている。

ウンディーネはゆっくりと頭を下げる。

「はい。ワタクシの依頼を達成した報酬です」

「ああ、知っているとも」

彼女がしゃべるたびに、ぶわりと猛烈な波が押し寄せるようだ。

すっかり慣れてしまったウンディーネは問題ないが、これで周囲をまったく威圧するつもりがなく、ただあふれんばかりの魔力の余剰分が漏れているだけだというのだから、闇の精霊は本当にすさまじいものだ。

四大精霊の一柱といえども格の違いを感じざるを得ない。

さすがに、この世界の管理者といえるだろう。

まあ、その威圧感を凛たちには届かないようにはしているようだが。

精霊にはその配慮はしていない。

その証拠に、この島にいる精霊たちはシェイドから距離を取っている。

すべての精霊の頂点なので、別に忌避(きひ)しているわけではない。ただ恐れ多くて近づけないだけだ。

「ふふふ……キミの目の付け所は面白い。彼女たちに精霊魔術師になるチャンスを与える、か」

「勝手なことをして申し訳ございません」

「私が怒らないことを知っているだろうに。彼女たちのレベルアップも、私にとってはこの上ないプラスになると、分かっているからだろう?」

ウンディーネは微笑むのみだ。

シェイドが成し遂げたい目標を考えれば、こう言うと分かっていた。手段を選ばないと決めていると、太一にも宣言しているのだから。

精霊魔術師への転身は理をねじ曲げかねないことだが、ウンディーネはありえないほどに難易度を低くしてしまっている。

普通なら、数えきれぬほど命を賭けてなお、成功率は一〇〇回挑戦して一回成功するかしないかにすべきことなのだ。

とまぁ、こうして建前を並べてみたウンディーネ。結局の所は、自然の化身として全てではないがシェイドの考えに賛成だ。その上で、今後を見据えて太一の仲間を無為に死なせないためひいきしたに過ぎない。

そんなウンディーネの考えを分かっていたから、おとがめなしとしたのだろう。シェイドは彼女を一瞥してから大地の方に顔を向け、目をかすかに細める。

「絶望的な差を目前にしてなお、彼に置いていかれまいとあきらめなかったあの子に敬意を表して、ひとつ私からギフトを与えよう」

「ギフト、ですか？」

「そうだよ。もしもギフトを生かすことができれば、レア度でいえば召喚術師以上になるだろうね」

「それは、どのような……」

シェイドはふむ、とひとつうなずいた。

「そうだね。私も初の試みだからどうなるか分からないけれど、キミには説明しておいたほうがいいだろうね……」

既にシェイドはここから去ってしばしの時間が経過している。

ウンディーネは、シェイドが去った後もその場から動かずにたたずんでいた。

ギフトについて話を聞いたウンディーネは、目が点にならざるを得なかった。

悠久といえる時を存在するエレメンタルをして、そのような話は聞いたことがなかったのだ。

つまり、シェイドが与えたギフトは唯一無二ということになる。

エレメンタルと契約可能な召喚術師となった太一と同様に。

そのギフトについては、彼女が相性の良い精霊を見つけられたら教えてもいいと言われている。

「どうなるのか、非常に興味がありますね」

無茶で勝手な願いであると承知しつつ、ウンディーネは早く課題を乗り越えて欲しいとさえ思っている。

精霊魔術師とも召喚術師とも違う新たなる可能性。

それに立ち会えるかもしれないのだ。

「……いけません、このような。彼女は、敬意を払うに値する存在ですのに」

思わず逸(はや)ってしまった己を自戒する。

そう。

あきらめなかった。

その一点のみでもって、何とシェイドを動かしたのだ。

この世界の頂点、闇の精霊シェイド。

その立場的にも力的にも、そしてその性質的にも、自ら動くというのは実に珍しい。

もちろん、この世界が未曾有(みぞう)の危機にさらされている非常事態というのはある。

だからといってシェイドがフットワーク軽く動くような存在ではないことは、ウンディーネ自身がよく知っていた。

本来、彼女はこの世界に呼ばれる予定ではなかった存在。

不幸にも巻き込まれてしまったというのが正しいところだ。

ただ、彼女はそれを嘆かず、自身と太一の差を見せつけられ思い知らされてなおあきらめず、その背中に追いつかんとした。

あきらめなければ道は拓ける。

なるほど聞き心地の良い言葉だ。

よく人間は、そういった言葉で自身、あるいは親しい者に発破をかけ、励ましている。

そういった場面を実際に見て、あるいは他の精霊から聞いて知っている。

しかしそれも限度があろうというもの。

その励ましが現実的なところかどうか。

起きてから寝るまでそのことを考えて、やれるだけのことを全て、最大限やりきったなら追いつける目がある。

そのような差であれば、聞き心地の良い言葉にも意味があった。

「しかし、この世界は、生きとし生けるものにとっては無情な仕組みでできていますから」

保有する魔力の量、発現する魔力の強度が、才能によって決まっている。

目標として据えるには、どうやっても物理的に不可能、ということが往々にして発生する世界だ。

彼と彼女の差はまさにそれに該当する。

物理的に、どうあがいても追いつけるものではない。勝負をすれば、精霊と契約する前ですら、四割の力で勝ちの目がなくなってしまうのだから。

それらを踏まえてそれでもあきらめないというのはとても大変なこと。

シェイドが敬意を表する、と明言したのも分かる話だ。

この世界に存在するもの全てに平等であるシェイドが、一個人の、それも人間に対して

「敬意を払う」など過去一度も起きたことではない。

巻き込んでしまった相手に対するわずかな罪悪感から来ていたとしてもだ。

シェイドはこの世界を守るためならばいかなる手段をも辞さないと宣言しているので、その可能性は低いとウンディーネは思っているのだが。

「さて……是非ともがんばってくださいね。ワタクシは、あなたを応援していますよ」

課した試練を是非クリアして欲しい。

報われて欲しい。

そう思ってチャンスを設けたのだ。

ウンディーネが慈愛のこもった目で見つめるその先には、相性のいい精霊とは何かを考えながら歩く、凛の姿があった。

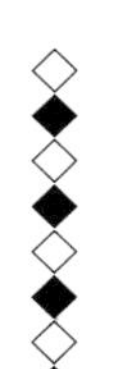

修行開始四日目――

「うーん……相性、ねぇ……」

悩みながら海岸線を歩くことしばし。

島の四分の一ほど歩いたところで、凛は立ち止まった。

白い砂浜だけの領域は既になりをひそめ、今はゴツゴツとした岩が散見されるようになった。

小さくはないが大きくもない、という島で、かつその先はカーブしているためかなり向こうまで見通すことができる。

途中で砂浜は途切れ、崖を登っていく形になる。近寄ってみないと実際の所は分からないが、魔術が使えなければ登れないのではなかろうか。

周囲の様子はといえば。

相変わらず綺麗なコバルトブルーの海はとても穏やかだ。

陸の方に目を向けると、砂浜と草原の境界線の少し奥。松に似ているが松ではない木が不規則に立ち並び、防風林のような役割を果たしているように見える。

実際は木々の間隔はそれなりに空いているので、防風林というほどの効果はなさそうだが。

この島はある意味、ウンディーネによって作られた人工の自然だ。これだけの領域を人間が管理するとなれば、かなりのコストがかかるだろう。

しかしここを作ることができるだけの力があるのなら、維持管理自体は困難ではあるまい。

ウンディーネ自体が自然の化身のようなものなので、人間なら問題になるようなことはことごとく無視出来そうだが。

それはさておき、打ち寄せる波の音が気持ち良く、考え事をするには余計な音がなくて良い環境だ。

凛は立ち止まって考えてみることにした。

「近寄ってきてくれること？　近づいても離れないこと？」

魔力を放ってみると、そこかしこ、至る所に精霊がいることが分かる。

しかし、凛に近づいてくる者はいない。

声をかけてみても同様だ。

こちらから近づいてみた場合。

動きを示す精霊は少数だが、しばらくすると離れていってしまう。

動きを示さない精霊は凛に興味はないのか、近づいてもまったく変化がない。

声をかけてみた場合。

リアクションを返す精霊はその場でちらちらと動いたりする。

リアクションを返す気のない精霊は、まるっと無視される。

凛は、両者の差が出る理由は相性なのだろうとアタリをつけていた。

「完全に無視されちゃう精霊とは、相性が良くないってことなのかな？」

そこで、自分のセリフに若干落ち込む。

完全無視されていることをサラリと流して割り切れる人は少ないのではないかと凛は思うのだ。

まあ、今はそこを気にしていてもしょうがない。

努めて冷静に心を切り替える。

「反応を返してくれる精霊は、私と少しは相性がいいってことでいいのかな？」

どちらも疑問形。

確証を持っているわけではないのでそうなるのも仕方がないことだ。

歩きながらも考えていたことだが、相性がいい精霊というのは思った以上に少ないのかもしれない。

ではどうするか。

決まっている。

選択肢はひとつだ。

「足で探してみるのが先かな」

この島の隅々まで歩いていない。

まだまだ、出会っていない精霊はたくさんいるだろう。

ウンディーネは、見ていると言った。

ここで落ち込んでうじうじしている姿をあまり長く見せるのはマイナスではないだろうか。

悩むな、考えるなというわけではない。生産性のない煮え切らない態度を見せるな、ということだ。

と、いうことで。

思い立ったらすぐ行動だ。

凛はすっくと立ち上がり、まずはこの海岸を一周してみようと足を進めた。

崖を身体強化魔術と風を使って駆け上がり――

草原に分け入り――

森の中の枝を踏み折り――

この島に唯一そびえる岩山に登ってみた。

これはそこそこ標高があり、身体強化がなければかなり疲れることだろう。

その甲斐（かい）、と言って良いのかは微妙なところだが、ともあれ頂上からの見晴らしは最高だ。

ちょうど平面になっていて、五人ほど同時に立っても十分余裕があるくらいには広い。

下から見上げてみた時は、これだけ広いとは思わなかった。

凛はゆっくりと三六〇度見回してみる。

ここからなら、キャンプ地も見ることができた。

どうやらミューラもレミーアも歩き回っているようだ。

二人も苦戦しているようで、相性のいい精霊を見つけられてはいない。

エレメンタル・ウンディーネの支援があってもこれだ。

もっとも、普通の魔術師から進化するのがレアケースであり、ウンディーネがこの場を用意してくれなければ挑戦すらできなかったのだが。

「ここでは、どうかな?」

凛はその場で魔力を広げてみる。

魔力から受ける感触で、この場にも数名の精霊がいることが分かった。

どうしたものかと、凛は思わず腕を組んだ。

この場所以外にもまだ回っていないところはあるので決めつけるのは良くない。

しかし、このあたりで見つけておきたかった。

まだ余裕がある。

その余裕があるうちに一段落させたい。

まだ残っている余裕を食い潰すようなギリギリの状態は、焦りが大きくなってしまうから。

魔力を広げて居場所が分かった精霊ひとりひとりに近づき、声をかける。

反応がない。微動だにしない。

精霊にガン無視されるのはこれまでもあった。

仕方のないことと割り切ろうとしているが、そんな風に割り切れるような図太さは持ち合わせていない。

地味にへこみながらもこらえつつ、根気よく声をかけていく。

地面に半分埋まっている精霊、だめ。

雑草にぶらさがっている精霊、だめ。


——————


この山頂では、反応すらしてもらえないまま、空中にたたずんでいる精霊が最後の一人になった。

へこみながらも近づいていく。

これで反応されなければ、今日はもう拠点に帰ろうと、凛は考えていた。

あまりに無視され続けているので、これ以上傷口を広げたくなかったのだ。

凛は最後の精霊へのコンタクトを試みた。

精霊に向けてゆるりと、相手に余計なプレッシャーを与えないようわずかに手を伸ばす。

その間、もちろん魔力を精霊に向け続けている。

今回だけではなく、精霊に近づくときは常にそうしている。

太一のように精霊を目視できないのだから、見えているかのようにするには必須となる手順だ。

もともと期待していなかった。

下手な鉄砲数撃ちゃ当たるではないが、近くにいる精霊の全てに挑戦している。

手を伸ばさなかった精霊が相性が良かった、ということが起きては、後悔してもしきれない。

それは劇的ともいえる変化だった。

心の準備が全くできていなかった。

何せこれまで手応えらしき手応えなど全くなかった。

「……っ！」

精霊が動き、軽く伸ばした手に触れたのだ。

「えっと……」

想像していなかった出来事が起きて、軽く思考がフリーズしてしまった。

再起動するまでに数秒を要した。

「もしかして、私と契約してくれるの……？」

恐る恐る、という形で精霊に問いかける凛。

これまでどの精霊にもそでにされ続けてきたことから、無自覚ながらずいぶんと自信を失っていたのだ。

精霊は相変わらず凛の手に触れたままだ。

凛からの声は届いているが、仮に精霊の方が声をかけても聞こえない。

これが太一なら聞こえているのだろう。

自分だけで精霊とコミュニケーションできるということがどれだけすごいのか、改めて再確認。ともあれ、凛は太一ではないので、コミュニケーションを取る方法を考えなければならない。

どうやったらできるか……簡単な二択ならすぐに思いついた。

「私と契約してもいいかも、と思ってくれてるなら右手のまま、そうじゃないのなら左手に触れてくれる？」

精霊は動かない。

聞こえているのならば、契約していい、と思ってくれていることになる。

ならば。

「私と相性良さそうだと感じてるから？　そうなら今度は左手に、そうじゃないなら右手のままで」

精霊は左手に動いた。

凛は感極まってしまった。

挫折続きだった。

ひとつひとつは小さかったが、間断なく続いていたのだから仕方がない。

途中で一度でも、手応えだけでいいから得られていれば、ここまで感情が昂ぶることはなかった。

「ありがとう……良かったぁ……」

軽く涙ぐみながら、凛は思わず空を見上げた。

ウンディーネが用意した舞台。

ひとつめの課題のクリア。

可能性は確かに見えていた。

一方で、保証されていなかったのも確かだった。

ここまでうまくいかなかった。

これは、ウンディーネに合格がもらえるかどうか聞いてみるべきだろう。

「じゃあ、もし良かったら私と一緒に来てくれる?」

何となく、イエスノーの確認をしなくてもついてきてくれると、凛は根拠もなしにそう思った。

その考えは正解だったようで、精霊は歩き始めた凛に寄り添っている。

凛は反応を返してくれた精霊と共に山を下りていく。

その背中を、蒼髪の精霊が慈愛のこもった表情で見守っていた。

第九騎士団と訓練をした昨日。

太一にとっては、大きな収穫があった。

シカトリス皇国の栄えある騎士たちの剣を見て知り、肌で知ることができたのだ。

それは何にも代えがたい財産である。

騎士として最初に太一と接触した縁から、講師兼解説役に収まったマルグリッド曰く。

一般の兵士たちと騎士たちの剣は、大元こそ同じであるものの内容はまったく別の剣とのことだ。

分かりやすく言うならば、兵士の剣は基本的に防御と攻撃をバランスよく修得するもの。一方騎士の剣は、攻撃と防御の技術レベルは兵士よりも高いものの、その比重は防御に寄っているという。

それは、この国では、騎士が文字通り最後の砦（とりで）であるためだ。

そこを突破されれば後がない。

攻め入る際にも、騎士が突破されれば橋頭堡（きょうとうほ）を奪われる。その橋頭堡が国境付近にあるのなら、騎士が突破されれば自国内への反撃侵攻を受ける。

また侵略を受けた際はもっと深刻だ。騎士が守り切れなかったら街が次々と略奪の憂き目に遭う。

そのため、騎士はどの面々も防御に比重を置くのだ。

部隊によっては攻撃力に偏った編成ももちろんされる。守るだけで敵を排除できなければ状況を変化させられないからだ。騎士団は、敵をがっちりと受け止めた上で排除していく、そういった戦いを求められる。

もちろんのこと、攻撃に偏った編成に組み込まれる騎士団員たちも、防御については嫌と言うほど叩き込まれているのは言うまでもない。

一方騎士になっていない兵士たちは、攻撃と防御の両方を行える。

彼らが訓練する剣術は、死なないことと敵を殺せること、その二つのバランスがよい。

技量で言ってしまえば、もちろん騎士の方が全体的に高い。

しかしその比重を比べると、騎士が攻防で四対六、人によっては三対七と評するのに対して、兵士は攻防五対五だ。

また、剣の他の武器種も十分に使えるよう訓練する騎士と違い、兵士は担当した武器をメインで訓練する。

例を挙げれば、槍部隊に配属となった場合、剣の訓練もある程度行うもののそれは槍を失った場合の補助であり、あくまでも槍の訓練がメインになる。

たとえ他の武器の担当になろうとも、剣の扱いも基準値必達を求められる騎士とは違う。騎士には権力があり、また既得権益が与えられる分、その分求められるものが大きくなるのは当然ともいえる。

昨日得た騎士の知識を頭の片隅で思い出しつつ、太一は宮廷魔術師団長のアンドレ直々に訓練場に案内されていた。

宮廷魔術師長アンドレ・マリエス。

シカトリス皇国における、国所属の戦闘魔術師集団、それが宮廷魔術師。

その組織をまとめているのが宮廷魔術師長アンドレだ。

魔術を扱った組織的な戦闘を行う集団で、騎士の援護射撃から牽制(けんせい)にダメージディーラーまで様々な役割をこなす戦争と戦闘のプロである。

その団の長であるアンドレは土と風のダブルマジシャンであり、その戦闘力はエリステイン魔法王国の宮廷魔術師長ベラと互角だ。

ちなみに宮廷魔導研究所も同じく魔術師集団であり、魔術師としての総合力では宮廷魔術師となんら遜色はない。

彼らは主に魔術に関わる研究や開発、薬品の製造などに携わる。そのため戦闘用の魔術も行使はできるものの、戦闘で扱えるかと言えば微妙なところだ。

戦闘力が主に求められる宮廷魔術師たちにも、魔術の研究については熱心な者は多い。しかし宮廷魔導研究所に所属する魔術師たちには及ばない。

「こちらが訓練場になります」

騎士団の練兵場からそう離れていない。

騎士団員も宮廷魔術師たちも、有事の際は協力して事に当たる。

フレンドリーファイアを避けるためにも組織だった行動が必須。

そういったことも含めて、両者が最大限の力を発揮するには、平素からの連携訓練が重要になる。

それには、位置が近い方が都合がいいわけだ。

やはり騎士団の練兵場とはつくりが違う。

騎士団の方は弓部隊の訓練のための的が一部ある以外は、だだっ広い平らな地面が続いている。

一方宮廷魔術師の訓練場は、完全な平面は三分の一ほどで、的を設置する盛り土が全体の二割ほど、残りは障害物が設けられている場所になっている。

なお、人数の問題か大きさは練兵場の三割ほどである。

「へえ……色々なことができそうですね」

ざっと見渡してみて、どう生かすかをパッと思い浮かべた。

的がある場所では、新たに修得した魔術の試し撃ちや、手持ちの魔術の状態確認や調整などに。

平面の場所では基礎訓練や近接戦闘を含めた模擬戦闘に。

障害物が設けられたエリアでは実戦を想定した訓練に。

そういった使い分けになるだろうか。

その旨をアンドレに言ってみると、彼は満足げにうなずいた。

「そうですな、平素は大体仰られたように運用しております」

平素は。

そういう使い方ではない時もあるのだろう。

ただ、太一もレミーアに師事をして、魔術師の修行については精通している。

レミーアに課せられたあれやこれやの修行の中で、先程アンドレに伝えた内容のものがメインカリキュラムだったのだ。

「さて、ニシムラ殿は新たに契約なされた精霊の制御訓練を行うとか……」

「そうですね」

なぜ宮廷魔術師団長と話をしているのか。

騎士団の訓練への参加は、他の騎士団長と調整の上でマルグリッドの縁からメルクリアスが代表となり、夜の報告の場でイルージアに持ち込んだ話だ。

相手はシカトリス皇国を救ったと言ってもいい太一。当然ながら彼に対する依頼については、まずイルージアの耳に入れるべきことだ。

これが市井で名を轟かせ剣聖と呼ばれた者の参加、程度であれば、イルージアに直訴するには当たらない。騎士団長の裁量でどうとでもできることで、上に報告するにしてもせいぜい軍務卿や将軍止まりである。

古竜がらみのあれこれから、太一が今後もこの地で事にあたることは確定している。

この国の守護竜であるリヴァイアサンとそのつがいの眷属を救出するとなれば、イルージアとてその扱いには細心の注意を図ろうというもの。

イルージアとしても何かが起きた際に連絡が取りやすいので、滞在時間は半日程度とはいえ毎日城内にやってくるのは諸手を挙げて歓迎できる。

かくして太一の訓練参加はイルージアの了承を得たわけだが、その際宮廷魔術師団長が、騎士団だけではなく宮廷魔術師たちとも交流を持たせたいと意見を奏上したのだ。

今後、先のティアマト解呪作戦と同様かそれ以上の仕事が待っている今、彼らと知己を得ておくのは悪くないことである。

そう判断したイルージアは、宮廷魔術師団長の意見を聞くことにした。

一日おきにするなど、もめ事は起こさぬよう双方でうまく調整しろとの命令付きで。

いつ太一の仕事が発生するか分からない以上、初日に来てもらった方がより多い回数交流を持てることになる。どちらも初日を希望したが、それで揉めてイルージアの耳に入った日には、許可が取り消される可能性も否定できない。

かくして、先に声を上げた騎士団が初日、便乗する形になった宮廷魔術師側が二日目というかたちに落ち着いた。

マルグリッドからの依頼は、騎士団、宮廷魔術師団との交流訓練や勉強会の場を持たないか、というものだったのだ。

そして宮廷魔術師たちとの交流の日になり、登城した太一を待ち構えていたのが、宮廷魔術師団長のアンドレだったというわけである。

案内から解説までを引き受けると最初に説明を受けているが、彼の目からは好奇心がまったく隠されていない。

下心がチラチラと見せられると敬遠したくもなるが、ここまであからさまだと逆にそんな気分も起きなかった。

何せ「是非とも勉強させていただきます」と団長自ら口にしたどころか、その腹心である副団長も同じような目をしていたのだから。

太一は訓練場の端の方を間借りすることにした。

最初は試し撃ちなどをするつもりはないので、少しのスペースがあれば良かったのだ。

「まずは、どのようなことをなさるのですかな？」

アンドレが敬語で話しかけてくる。

太一としては、もはや老人と言って差し支えないアンドレに敬語で話されて少々居心地悪い。

彼はユニークマジシャンに対する敬意も隠しておらず「より優れた才を持つ方に敬意を払うのは、魔術の深淵を追う者として当然のことです」ときっぱりと言われてしまった。

これはどうあっても撤回しないだろうなと、そのまま突っ込むのを止めたのだ。

「そうですねぇ、まずは水の使い方から、ですかね」

「水の使い方、ですか」

「はい」

ウンディーネと契約しての初手が、海を海底までぶち割るというトンデモ魔法だったのだ。

そして二手目がティアマトを拘束（こうそく）する強度を持った水の鎖。海を割った魔法に比べれば数段落ちるが、それも太一だからこその話。やはりこれもトンデモ魔法に含まれる。

つまり、手頃な魔法というのをまだ使ったことがないのだ。

あんな大魔法で、感覚などつかめるわけがない。魔力など相当雑にウンディーネに渡したので、彼女の方で良い具合に調整してくれたのだろう。

現在海底神殿にいるウンディーネだが、今も太一の近くにもいる。

分体と思っておけば良い、とウンディーネには言われていた。本体が自分の領域にいるからできることだとも。

詳しい仕組みは分からない。

ただ、水魔法の行使に問題がないことさえ分かっていればそれで良かった。

まずは、水の球を目の前に浮かべてみる。

これまで使ったことのない属性だ。最初は地味なところから。

「ふぅん、こんな感じかぁ」

この水の球を作るのは、イメージしやすかった。

凛が良く使う『水砕弾』がまさにこのくらいの大きさだからだ。

使い方も、それにならうことだろう。

それを少しずつ大きくしたり、小さくしたりしてみて、魔力をどれくらい使うかを確かめる。

大して目につくようなことはしていない。

召喚術師に尊敬と期待を寄せていたらしいアンドレの表情はこの時点では変わらないか……そう思ってちらりと見ると、彼の目は子どものように輝いていた。

「これは、『水砕弾』？　いえ、違う……しかし、見た目は間違いなく『水砕弾』……」

アンドレはぶつぶつとつぶやいており、周囲に目はいっていない様子。

慣れていなければちょっと引いてしまいそうなものだが、太一はそんなことはなく苦笑するのみだ。

何となく研究モードのレミーアに通じるものがあり、慣れているというのがあった。

「魔力の動きはあったものの、魔術発動の兆候が一切見えなかった……」

アンドレのつぶやきをBGMに、太一は水の形を色々と変えてみる。

細い縄状にしてみたり、キューブ状にしてみたり、はたまた円錐にしてみたり。

これまでシルフィの力を色々と借りてきたことで慣れたのか、こうして動かすことについてあまり不自由さは感じなかった。

ミィの力もだいぶ慣れたとはいえまだまだシルフィほどに扱いこなすことはできないので、個人的なタスクは更に積み上がった感が強いのだが。

まあ、手札自体は大きく増えているので、贅沢な悩みというところだろう。

「隠蔽(いんぺい)をしているわけでもなく……ニ、ニシムラ殿、ひとつ質問をよろしいですかな？」

アンドレから聞かれて応じる。

会話をしながら操作するのもいい訓練なのだ。

「なんでしょう?」

「私には魔力がいきなり水に変わったように見えましたが……」

魔術であれば、魔力が術式を通過して発現する。

「そうですね。精霊に魔力を渡して、精霊が渡した魔力で現象を起こすんですよ」

よって術式は必要がない。

続いて質問が来るかと思ったが、アンドレは再び思考の海に沈んだ。

このことについてはほとんど知っている者がいない知識である。

魔術との違いについて考察でもしているのだろうか。戦闘が主の宮廷魔術師も研究好きが多いのは前述した通り。アンドレもその口である。

「さて、俺はあっちで試し撃ちしてきますね」

太一は太一でやることがある。

思考に集中して聞こえていないようだ。

遮(さえぎ)るのも何なので、太一は一人で移動することにした。

ついた場所は的がある部分。

そこは半分のレーンが埋まっているが、まだまだ空いているといえるだろう。

この場所を管理している宮廷魔術師に空きのレーンを使うことを告げる。

「ええ、問題ありませんが……マリエス様は？」

「えっと、声はかけたんですが、考え込んでて聞こえなかったようで……」

太一が苦笑しながら言うと、管理人も笑った。

「仕方ありませんな、マリエス様ですので。そのうち気付いてこちらに来るでしょう」

話を聞くと、アンドレはもともと研究者気質であり、希望していたのも宮廷魔導研究所の所属だったという。その希望に添うように、研究者としての能力は一流と呼んで差し支えないものだった。

しかし攻撃魔術の強さや扱い方、指揮官としての能力などが超一流だった。

その才能を得がたいと感じたイルージアが自ら彼のもとに足を運び、将来の宮廷魔術師長を見据えたキャリアの積み上げを打診した。イルージアの立場的にアンドレへの命令だったが、当時を知る者が聞く限りでは間違いなく打診だったとのこと。

彼にも研究者として叶えたい夢があったが、その夢はシカトリス皇国発展の礎（いしずえ）になること、つまり愛国心は高かった。

そして皇国の顔であるイルージアから直接打診されれば、アンドレに断ることはできなかった。

イルージアとしても彼の夢を変えさせたのが忍びなかったのと、研究者としても一流である才能を潰すのは惜しく思ったため、宮廷魔術師としての職務に支障を来さない限りは、研究者としての予算申請も認めるという異例の処置をとった。

特別扱いもいいところだが、周囲を黙らせ納得させられるだけの才能と実力を持っていたということだ。

当初はその特別扱いによる風当たりも相当強かったようだが、アンドレはそれらを実績で黙らせていったとのことだ。

「相当妨害があったんじゃないですか？」

「そうですね。皇国として益になるのは間違いありませんが、それでも認められないという者はたくさんいたようです」

そのあたりは色々とあったようだが、現在のアンドレの地位が盤石であることが、それら全てをはね除けたという結果を物語っている。

「そんな訳ですので、研究者としての顔を出したマリエス様は放置が基本です。どうぞお使いください」

宮廷魔術師としての顔をしている限り、業務に支障は一切もたらさないため、問題なしとされているようだった。

アンドレの話も興味深かったが、太一はまずやるべきことをやらなくては。

空いているブースの一つに使用中の立て札をし、盛り土に向き合う。

このブースの盛り土までの距離はおおよそ一〇〇メートル弱というところか。魔術は一般的に一〇〇メートルの射程で狙えれば、実戦では十分、とレミーアから教わった。

一〇〇メートル以内の標的を狙うことがほとんどだから、ということであり、魔術師同士の戦闘では確かにその通りだった。

太一の場合、同格の敵と相対するとスケールが大体一〇倍から一五倍がデフォルトになるが。

他のブースには三〇メートル前後、五〇メートル前後、八〇メートル前後のバリエーションがある。それぞれの訓練内容によって使い分ける、ということだろう。

ともあれ、これから行う訓練では、この一〇〇メートルで十分だ。

太一の周囲に、水の矢が五本浮かび上がった。

一本一本の大きさはおおよそボールペンほど。

すっと右手を無造作に盛り土に向ける。

水の矢は全て盛り土に着弾し、土を小さく巻き上げた。

周囲では『フレイムランス』なりが遠慮なく炸裂している中、見た目が地味であることは疑いない。

「よっし」

太一は手応えを感じた。

これはどれだけ威力をしぼれるかの訓練だ。

言い換えれば、どれだけ細かく制御できるか、ともいえる。

大雑把（おおざっぱ）に使うだけならいくらでも可能だ。

だがせっかく応用範囲の広そうな水属性なのだから、細かく操れた方がいいに決まっている。

「おっと、せっかくだ、こうしてみるか」

太一は右手を盛り土に向けたまま魔力を使う。

すると、盛り土に土でできた的ができあがった。

特に模様はないが、形としては駐車禁止の標識のようなものだ。

これもまた、大きさや硬さを細かく変えることで土属性の訓練にもなる。

同時に水属性と土属性――ウンディーネに加えてノーミードの力の訓練もできると分かってから、俄然（がぜん）やる気が出てきたのだった。

ところで。

『ねぇねぇたいち。アタシは？　アタシの力は訓練しないの？』

先程から土と水ばかりを使う太一に対して、シルフィが不満げな声を上げた。

「……いや、シルフィの力はもう十分使えるからさ」

太一は小声で弁明する。

轟音が支配しているこの場所でなら、小声であれば独り言も周囲には聞こえない。

『そうそう。ボクの力の訓練だってまだ終わってるわけじゃないもんね』

『ワタクシにいたっては今回の訓練が初みたいなものですね』

『むぅ～……』

言いたいことは分かる。

しかし、もはやシルフィとは以心伝心レベルでやりたいことも力加減も伝わるのだ。改まって訓練することなどほぼなくなったと言っていい。せいぜいが、新たなアイディアを試したり、制御能力の確認を少ししたり、という程度だ。

まあずっと拗ねられていても困るので、後で風の魔法も使おうかと思う太一である。

『ところでたいちさん？』

「ん？　なんだよウンディーネ？」

今度はウンディーネからやや不満げな声が。

『なぜシルフィとミィなのに、ワタクシはウンディーネなのですか？』

「おっと……」

要は自分にだけよそよそしいのが不満だと言っているのだ。

シルフィードとノーミードはそれぞれ愛称で呼んでいるが、ウンディーネはそうではない。太一の感覚で言うならば仲良くなった友人に対して名字呼びのまま、というところか。

そこはこれまでの距離感や十人十色な関係性もあるので一概には言えないが、一般的にお互いに名前呼びができれば仲が良くなったと言えるのではないかと太一は思っている。

「そういえばそうだったな。なんて呼ばれたい？　シルフィとミィからはそう呼んでくれって言われたんだけどさ」

ウンディーネの方に希望はあるか？　と逆に訊ねてみる。

『そうですね……では、ワタクシのことはディーネ、とお呼びください』

「分かったよ、ディーネ」

訓練を続けながら、精霊とコミュニケーションを続ける。

水と土の使い方の習熟をしながらも、コミュニケーションも詰めて関係も深められる。

太一にとって、今日の訓練はかなり収穫の多いものとなったのだった。

第二十四章　精霊魔術師

第七十六話　精霊魔術と精霊憑依(ひょうい)

「実にお見事です」

拠点に戻ろうと歩く凛の前に、ウンディーネが姿を現わす。

その開口一番がそれだった。

凛は驚かなかった。

相性のいい精霊を見つけられたのだ。

来るんじゃないかとは思っていた。

「これって、課題クリアでいいの？」

凛は手のひらを掲げると、ウンディーネがうなずく。

「そうですね、無事課題クリアとなります」

凛には見えていないが、ウンディーネには見えているのだろう。

それよりも。

クリアだと言われ、凛は安堵(あんど)の息が漏れた。

思わず、だった。

「あとの二人はまだですが……この様子ですと、時間の問題でしょう」

「あっ、ミューラとレミーアさんも、いけそうなの？」

「ええ。誰も脱落者が出なかったのは良きことです」

「うん、本当に……」

自分が課題を超えることができたのはもちろんうれしかったが、凜とミューラもまた課題突破できそうなのも、うれしい知らせである。

「待っている間、コミュニケーションを取ってみては？」

「そうだね」

凜は拠点にて、自分を選んでくれた精霊と話をしながら、ミューラとレミーアを待つことにしたのだった。

ウンディーネは、いつの間にか消えていた。

◇◆◇◆◇◆◇◆

もうすぐ日が沈む。

どんな仕組みなのか、綺麗な夕焼けだ。

夜に備えて火をおこす必要があるので枯れ枝や落ち葉を集めてきた。

拾ってきたそれらを焚き火跡に用意して、小さな火の球を放り投げる。

ほどなくして火が燃えだした。後は適宜追加する薪代わりになるものを集めてくればいい。

火打ち石や、太一なら必要な着火の魔道具も不要なのは、クアッドマジシャンの利点だろう。

まあ、レミーアもミューラも火属性魔術が使えるので、先に拠点に戻ってきた者がやるだけのことなのだが。

温かいものでも飲もうかと、小さな鍋に水を入れて火にかけた。

「……飲んじゃおうかな」

自分の荷物から茶葉が入った小瓶と、淹れるための道具を取り出す。いくつか種類を持ってきていたが、そのなかでも最もお気に入りのお茶を思い切って淹れることにした。

嗜好品のため一種類につき一杯分しか持ってきていない。

なので大切に飲む必要があるが、今日は無事課題をクリアしたのだ。このくらいの贅沢は許されることだろう。

所定の手順でお茶を淹れてから木のカップに注ぐ。手つき自体は拙いが、どうせ自分が飲むだけなので問題ない。

その模様をもの珍しそうにのぞき込んでいるらしい精霊が愛らしい。

芳醇な香りが辺りに漂う。

これだ。味は普通、良くも悪くもなくというところだが、なんといっても香りがいい。

この茶葉は香りだけなら最高級品と遜色なしと言われるような一品で、なにげに貴族などにもプライベートで愛飲されている品種である。来客には出せないが、自分で飲む分にはいい、ということだろう。

無論、お茶にとっては香りも重要だ。しかし高額値付けに足るという評価をされるには、やはり味だ。

凛が淹れたお茶の味は上級茶葉に達しないためか、値段が比較的手頃なのもいい。

「……うん。おいしい」

凛の素人の腕でも良い香りが楽しめるのが、この茶葉が好きな理由でもあった。

城や屋敷で出されたお茶に比べれば数段落ちるが、野営中と考えればこれほど贅沢なことはない。

いささか行儀は悪いが、茶葉は貴重品。出がらしからでもまだ十分味は出る。貴人だとそういうことはプライドからも体面からもやらないが、凛は別にやんごとなき身分でもないので問題ない。

ほぼ香りだけとなり、味はあるかないかの三杯目を飲んでいると、まずレミーアが、続いてミューラが戻ってきた。

「お帰りなさい。うまくいきましたか？」

「うむ。お前も無事出会えたようだな、リン」

二人とも、その顔に落胆は感じられない。

レミーアのポーカーフェイスを見抜けるほど凛の観察眼は優れてはいないが、師匠は普段から常に感情を隠しているわけではない。

うまくいかなければ普通に悩む様子を見せる。

そんなレミーアだが、今は晴れ晴れとしていた。

「はい、出会えました。ミューラは？」

「なんとか。最初は誰からもそっぽを向かれていたから、どうしようかとも思ったけれどね」

「そうだよね。私もだよ」

ミューラも安堵(あんど)しているのが一目で分かる。

それほどまでに厳しいものだった。

ただ、ここまでの時間は大してかかっていない。

当たり前の話で、ウンディーネにこれだけお膳立てしてもらったのだ。うまくいかない方が珍しいだろう。

逆に成功させなければ、これだけ期待してくれたウンディーネに申し訳が立たないというものだ。

「誰一人欠けることなく、見つけられたようですね」

三人が目指す先を考えれば順風満帆と断言しても差し支えない。

とはいえここまで誰一人脱落者が出なかったことに、ウンディーネは安心していた。

「それでは、契約といきましょう。今回は私の力で見えるようにします」

そう言って、ウンディーネは右手を真横に払った。

すると、それぞれの前に精霊が姿を見せた。

凛の前には、手のひらサイズの水色の熱帯魚。

ミューラの前には、茶色に灰色の玉模様が入った皮をまとう、全長二メートルほどのへび。

レミーアの前には、全体の羽毛は黄緑色。腹側は白で、頭頂部から背中にかけて黒。尾羽は長く、風にゆらめいているハクセキレイのような鳥。

「やぁ、また会ったね」

「久しぶりね、エルフと人間のハーフさん？」

「あなた……」

「ほう……」

「……！」

ミューラとレミーアの前に現われたのは、海底神殿の試練で見届け役を務めた精霊だった。


土の精霊ミドガルズ。

風の精霊ブリージア。

両者とも、声をかわしたこともある精霊だった。

一方、凛だけは見覚えのない精霊である。

それが悪いわけではない。

断じて。

しかし、この違いにはどんな意味があるのか、気になってしまった。

すると。

「ふふふ。いけませんよ。そのような感情は伝わってしまいます」

「えっ？」

くるりと熱帯魚が宙を舞うと、濃藍の氷に包まれた。と思えばその氷は即座に砕け、中から現われたのは鳥の羽をもった少女。

氷の精霊アヴァランティナだった。

「ごめんなさい、驚かせてしまって。けれども、これは必要だと思ったのであえてさせていただきました」

「その役は別にオレでもブリージアでも良かったんだけどな」

「ワタシたちには、あなたたちの感情がよく伝わる。それを知って欲しかったのよ」

あっけにとられてしまう凛。ミューラも、レミーアも同様だった。

冷静沈着なレミーアも、精霊魔術師のことは知識でしか知らず、こうして肌で体感するのはもちろん初。つまり全てのことは初体験。驚くなという方が無理な話なのだ。

「ご注意くださいね。契約した精霊には、感情はかなり鮮明に伝わります。自身に不満を持っていると分かったら、去って行く精霊もいることを覚えておくといいでしょう」

そうなのか、知らなかった――

思わずこぼしたのはレミーア。

「それはそうでしょう」

ウンディーネが言う。

「精霊魔術師では精霊と言葉を交わせないのが普通です。過去契約を解除された精霊魔術師もおりましたが、その者も理由は知らなかったでしょうからね」

それを、契約前に実地で示したのだ。ある種の忠告である。

「というか……」

ミドガルズ、ブリージア、そしてアヴァランティナ。目の前に並ぶ顔ぶれに、ミューラがふと気付いた。

「……もしかして、ある種の出来レースだった……？」

そう思うのも無理はない状況だった。

相性のいい精霊を探すように言われていた。

実際に探してやっと見つけて、いざ姿を見せられたのは、以前出会ったことのある精霊。

「言われてみれば、そう思われるのも無理はありませんね。ですが、違いますよ」

海底神殿で試練を課す時には、精霊魔術師のことなど頭の片隅にもなかった。

課題のために乗り込んでくる三人にとって、波長が合ってそれなりに力のある精霊を用意しただけに過ぎなかった。コミュニケーションが円滑にできることで、試練に集中できるために。

試練が無事に終わり、その報酬を決める段になって凛から限界突破について問われた。

その時初めて精霊魔術師のことを考えたし、ならばアヴァランティナたちがいいのではないかと思った。改めて聞いてみれば、凛たち次第ではあるが構わない、と言う。

そもそも、ウンディーネが出した課題はかなり緩い。とはいえ誰でもクリアできるわけでもないのは、開始前に説明した通り。

アヴァランティナ、ミドガルズ、ブリージアを筆頭に凛たちと相性が良かった精霊たちには、各々好き勝手に基準を設けて、それに達していないと思ったらなびかなくていいとウンディーネが宣言していた。

一番時間がかかったのは精霊を見つける課題だが、一番脱落が起きる可能性が高かったのは、仲良くなれる精霊のお眼鏡にかなうことだった。

実際、アヴァランティナらと出会う前にも相性の良い精霊とのコンタクトは取れていた。しかしそれぞれの基準に達しなかったのか、ことごとく袖にされていた。

「出来レースがどうとか、そんなレベルじゃなかったのね……」

思わず胸をなで下ろすミューラ。

出来レースであってくれてむしろ良かったとも言える。

ミドガルズがいなければ、精霊魔術師への道が閉ざされていた可能性に気付かされた。

それはミューラだけでなく、凛もレミーアも同様である。

「精霊たちは、どのような基準を設けていたのだろうな?」

レミーアは腕を組んで首をかしげる。

袖にされたのは分かった。精霊それぞれが基準を設けていたことも分かった。

ただ何がダメだったのかが分からない。

「それはワタクシも関知していないのでなんとも。気まぐれな精霊であれば、その瞬間の気分で決めた者もいるでしょうね」

「そうか……」

なんともいえない回答だった。

気分で決められた、と言われてしまえば、何が良くて何が悪かったのか判断のしようがない。

そして、気分で決めたことも、ウンディーネは許容していたということだ。

人間のような姿をしている精霊もおり、まるで人間と話をしているかのようにコミュニケーションが取れる精霊。

しかしやはり、人間に精霊のことを理解するのは難しそうだ。存在の次元も価値観も、人間とはまるで違う。

それぞれの属性の頂点であるシルフィードやノーミード、ウンディーネがとっつきやすいから勘違いしがちだが、それは特別なのだろう。

「アヴァランティナもミドガルズもブリージアもそれぞれ基準を設けていて、それをクリアしたゆえにここにいます。この子たちと契約を行いますか？」

凛は氷。

ミューラは土。

レミーアは風。

否やなどあろうはずがない。

契約してくれる精霊がいるだけ、ありがたいと思わなければ。

ウンディーネの話を聞いてからは特にそう思う。

「かしこまりました。特別な何かがあるわけではありません。魔力をかためて精霊に差し出してください。それを精霊が受け取れば、契約完了です」

三人は言われた通りに魔力を練り上げてかため、凛はアヴァランティナに、ミューラはミドガルズに、レミーアはブリージアに差し出す。

それぞれの精霊が、魔力を受け取った。

特に何かが起きるわけではない。

ただ、変化はあった。

「つながりを、パスを感じますか？　それが、契約が無事に済んだ証です」

目には見えない糸。

そう表現すればいいだろうか。

それが目の前のアヴァランティナに伸びているのが分かる。

見えないのに分かるというのもおかしな話だが、そうとしか言いようがないのも事実だ。

「さて、もうあまり説明の必要はないと思っていますが、いかがですか？」

ウンディーネが言いたいことは分かる。

精霊魔術師の、魔術の使い方のことだろう。

精霊魔術師と普通の魔術師。違うのは精霊との契約の有無のみ。
「まずは試しです。ひとつ、魔術を使ってみるといいでしょう」
その通りだ。使ってみなければ何も分からない。
何が変わったのか。
どう変わったのか。
言われるがまま。
凛はおもむろに右手を前方の海に向け。
いつものように、いつもお世話になっている魔術を放った。
『フリージングランス』
氷柱の数は大体二〇〇本。
この弾幕はかなり避けづらく、使い勝手がかなりいい。
それゆえに頼りにしている技なのだが。
かなたに飛んで行く氷柱を見て、凛は目を丸くした。
自分で撃ったものだから分かる。一発一発が二回りほど太く、強度も弾速も桁が違う。
「これが、精霊魔術……」
凛は手のひらを見つめた。
何も変えていない。いつも通りに撃っただけだ。

しかしその威力はすさまじいものがあった。おそらく、スソラやグラミあたりであっても、命中すれば一撃で勝負は決まるだろう。受けることもできずに回避に専念して、失敗するところまで幻視できた。

「ふぅむ……すさまじいな。どれ」

レミーアは全力で『エアハンマー』を海面に向けて放つ。

風の塊を叩き付けるシンプルな魔術。

自分の能力はきちんと把握している。ゆえに、シンプルな魔術というのは分かりやすい。

海面を押し上げた水柱は、放った『エアハンマー』の威力で発生するはずの水柱よりも数倍は大きく、レミーアの度肝を抜いた。

「むう……」

確かにすさまじい。素晴らしい。

だが。

何かに気付いた様子のレミーアに、ウンディーネはわずかに笑みを深める。

「ミューラ、お前も撃ってみろ」

「分かりました」

やはり分かりやすいものがいい。

ミューラは大地に手をつき、魔術を発動。ミューラの認識では、間に合わせ、使い捨て、である。武器を弾き飛ばされてしまった時、相手の意表を突くときなどに主に使うもので、間違ってもメインウェポンにはできない。

感覚としては、帝国でカピーオ相手に作った剣と同じくらいのものを作ろうとした。できあがったのは一振りのレイピアである。刺突剣ゆえに斬る動作には向かず、きちんと扱わなければ折れてしまうもの。

……なのだが。

「これ……あたしの剣並に強度がある……？」

ミューラは思わず腰のミスリルの剣に触れた。

ここまでずっと相棒として共に死線をくぐり抜けてきた剣。

間違いなく業物といえる剣なのだが。

レイピアでこれでは、いつものロングソードを作成したら間違いなくミスリルソードを上回ってしまうだろう。

「いかがですか？」

ウンディーネが腕を横に伸ばすと、アヴァランティナたちが下がった。

いかがも何も、効果は劇的だった。

契約の有無。

差はただそれだけなのに、これほどまでに違うものなのか。

感動する凛。

難しい表情のレミーア。

愕然(がくぜん)としているミューラ。

三者三様のリアクションだが、精霊魔術を使ったことに起因するのは言うまでもない。

ちらりと、レミーアがウンディーネに目配せする。

視線を受けてウンディーネがひとつうなずいた。

「……リン、ミューラよ。気付いているか？」

「えっ？」

「何にです？」

自分たちの実力が明らかに上がった。

これほどの威力、効果は、これまででは望めなかった。

そのことに喜び驚いていた凛とミューラだが、レミーアの重たげな声に顔を見合わせた。

「気付いておらんか。まあ、いい」

意味深な言い回し。

その口ぶりからして、何か気付いたことがあるのは間違いない。

「精霊魔術師として行使する魔術、これは確かにすさまじいものがある。……だが、それゆえの課題ができた」

「課題、ですか？」

「そうだ。これまでの魔術を、手にしたコップからコップに水を注ぐとすれば、精霊魔術は両手で抱える大きさのバケツから、コップに水を注ぐようなものだ」

言われてみて、凛は『フリーズ』の威力をしぼって氷を作ってみる。イメージはちょうど、冷凍庫で大量生産されるブロック状の氷一個だ。

しかしできあがったのは、まるでオーガ並の氷塊。

「……」

こんな簡単なことで失敗した。

いや、魔術そのものが失敗したわけではない。きちんと発動はしている。

しかし、制御に失敗した。

そんな凛の様子を見ていたミューラは頭を抱えてしまった。

凛をライバルとして認め、一目置いてさえいるミューラ。真横で見せつけられた彼女の失敗は、試さなくとも自分が失敗する未来と同義だった。

凛ができて自分ができない、と思ったことはない。

しかし凛ができないことでも自分ならできる、と思い上がったこともないのだから。

「分かったか？　今のままでは大味な魔術しか使えぬ。きちんと練磨する必要があるな。無論、私も含めて、だ」

先日奇しくも、更なる繊細な魔力操作の必要性をレミーアに説かれたばかりだ。

いまだそれは達成できていないが、その訓練の継続が必須であることが判明した。

ともあれ。

「どうやら契約した精霊以外の魔術はこれまで通り使えるようだ。細かい調整が必要な時は、当座はこちらでしのぐことになるか」

確かに精霊と契約したが、契約していない精霊が力を貸してはいけない、というルールはない。

「今後の方針が固まったようですね。それでは、リンさん」

ウンディーネが凛を見た。

「あなたにはひとつ伝言があります」

「伝言？」

誰からだろう？　凛は首をひねる。

「私に伝言を託されたのは、闇の精霊シェイド様です」

「っ……！」

次の言葉を聞いて思わず息を呑んだ。

「聞かれますか？」

「……」

聞かない、という選択肢など、あるはずがない。

レミーア、ミューラもうなずく。

「……もちろん、聞くよ」

「ふふ……では、こちらへ。あなた宛ですからね」

つまり、余人に聞かせて良い、とは言われていないということだ。

ふわりと移動するウンディーネについていく。

「リンに、伝言？　いったい……」

残されたミューラは、凛とウンディーネの姿が見えなくなってからぽつりとつぶやいた。

「さぁな。心配する気持ちも分かるが、問題あるまい。ウンディーネはタイチの契約精霊だからな」

「確かに、リンの不利益になるようなことはなさそうですね」

「また私たちの常識が派手に崩れるような何かがあるのだろうよ」

「……もしかして、聞かない方が幸せかもしれませんか？」

「ふっ、かもしれんな。さあ、私たちもぼやっとしておられんぞ」

「使える、と使いこなせる、には大きな差がある、でしたね」

「その通りだ。いずれ針の穴に糸を通すような精度が必要な場面が来るだろう。その時に備えぬとな」

「はい、分かりました」

凛のことも気になるが、そこはそれ。

自分たちのことをおろそかにしていいわけでもない。

ひとまずそれは横に置いて、ミューラとレミーアは自分と向き合う時間だ。

どこまで行くのだろう。

凛がそう思ったところで、ウンディーネが止まった。

海岸沿いをずっと歩いてきて、光景が変わっていた。

拠点としているキャンプは海岸沿いで、砂浜がすぐそこにある。

今いる場所は、一言で言うなら崖の上。

崖の縁から見下ろすと数十メートル下に海面が見えた。

ここからはもうベースキャンプは見えない。

「ここでよろしいでしょう」

ウンディーネが振り返る。

崖の下をのぞいていた凛は、ウンディーネに向き直った。

「私に、伝言があるって……太一じゃなくて？」

太一が出会ったという、闇の精霊シェイド。

この世界を管理している精霊で、シルフィードにノーミードと契約した太一が、手も足も出ないどころか逃げることさえできないと思わせられた相手。

エレメンタル・ウンディーネが様付けで呼ぶような大物が、凛個人に伝言があるという。

いったい何があるというのか。

「ええ。あなた宛です」

「……内容は？」

聞いてみたい。それは間違いなく本音だ。

聞きたくない。それも間違いなく本音だ。

だがここまで来たのは、聞いてみたい、の方が強かったからに他ならない。

ここを聞き逃すと後悔する気がしたのだ。

「シェイド様が、あきらめなかったあなたに褒美としてギフトを与えると仰せです」

「褒美？　……ギフト？」

「はい。あなたが手にした精霊魔術師……そのひとつ上に、挑戦しませんか？」

「ひとつ、上？」

「はい」

精霊魔術師のひとつ上。凛には召喚術師しか思いつかない。

まさか。

凛が思い浮かべることを予想していたのか、ウンディーネはそれは違うと首を振った。

「シェイド様が仰るには、レア度は召喚術師以上だそうです」

「召喚術師よりもレア……それは？」

「ふふふ、そうですね。もったいぶるつもりはないのでお教えしましょう。シェイド様があなたに与えたギフトは、精霊憑依(ひょうい)です」

「精霊憑依……？」

聞いたことがない。

言葉の通りなら、精霊を身体に憑依させるということか。

「なぜレアなのか。それは、シェイド様があなたのために精霊憑依を作成したからです」

「作った……作った!?」

思わず大きな声を出してしまった。

信じられない。

シェイドは、精霊憑依を凛のために作ったというのか。

呆然としてしまった凛の肩を、ウンディーネが軽く叩いて気付けをした。

目を丸くしたままの凛に、微笑みかけるウンディーネ。

「あなたのことを褒めている、と言いましたね？　たいちさんとの力の差は歴然。普通に考えれば追いかけよう、などと思えないほどに離れています。それでもあなたは、彼と共に歩くためにどうすればいいか、あきらめなかった。シェイド様は、現実を突きつけられてなお、下を向かなかったあなたに敬意を表すると仰っていました」

その結果が、凛に精霊憑依のギフトを与えるということのようだ。

あきらめない。

凛は特別なことをしていたつもりはなかった。

確かに巻き込まれてこの世界に来たのは確かだし、太一の強さに比べて己が足手まといなのは間違いない。

けれども、全てを太一に任せて自分は戦いのないところでただ漫然と暮らす、そんな真似ができるはずがない。

「それでいいのです。だからこそ、シェイド様に認められたのですから。……さて、アヴァランティナ」

「はい、ウンディーネ様」

凛の隣にいたアヴァランティナが、ふわりとウンディーネの前に移動した。

「もう分かっていると思いますが、あなたが対象ですよ。りんさんが挑戦する場合は……」

「はい。その時は、全力で協力します」

「いいでしょう。さて、りんさん。いかがしますか？」

やる？

やらない？

考えるまでもなかった。

精霊魔術師になるのだって、限界突破して強くなるために挑戦したのだ。

もし精霊憑依をできれば、更に実力が上がるはずだ。

「もちろん、やるよ」

「そう言うと思いました。……ここからは、精霊魔術師としての制御と共に、精霊憑依についても挑戦してもらうことになります。険しい道になりますが、がんばってくださいね」

「うん。絶対にものにしてみせるよ！」

気合いを込める凛。ウンディーネは期待通りの返事を聞けて満足そうだった。

「とはいえ、精霊憑依は唯一無二のもの。さすがに何の手がかりもなく到達するのは不可能だとシェイド様も仰せです」

上がったテンションを落ち着けた。

ウンディーネの話は聞き逃していいものではない。

精霊魔術師の力は、使いこなすための訓練こそ必要だが、使うこと自体に困ることはなかった。

しかしウンディーネがいう精霊憑依は、シェイドが作り出した世界初のもの。

字面から想像することはできるが、何の説明もなしにやれるとは思えない。

「そうですね……口で色々と説明しても良いのですが、ひとつ体験してみますか？」

「まずやってみるってことだね？」

「あなたとアヴァランティナの相性はかなり良好ではありますが最高ではありません。しかし、最高でないとはいえアヴァランティナ以上に相性がいい精霊を探すのは一苦労どころの話ではなく、誇張抜きで生涯をかけて探すことになりかねないのです」

そのような猶予も余裕もないでしょう？　と聞かれ、凛は当然とばかりにうなずいた。

それに、相性最高の精霊を見つけることができたとしても契約してくれるとは限らない。

「……」

凛はちらりとアヴァランティナを見る。視線を感じた氷の精霊は小首をかしげた。

ウンディーネがアヴァランティナ以外の精霊の話を出したが、彼女は気にしていないようである。

試練の時に言葉を交わし、そして自分を選んでくれたアヴァランティナ。

彼女以外の精霊など考えつかない程度には、思い入れと感謝を抱いている凛である。

「それでは、まずはやってみましょう。かなりきついそうなので、気をつけてくださいね」

「うん、分かった」

ウンディーネが手を凛にかざす。

「では、アヴァランティナ？」

「はい」

特に何か術があるわけではないらしい。

世界で唯一なのだが、あっさりとしたものだ。

「では、いきますね？」

「いいよ」

凛の目の前に移動したアヴァランティナがかすかに輝く。

そして、ゆっくりと凛の胸元に近づくと、身体の中に溶け込んでいった。

「……」

アヴァランティナの姿がすっかり見えなくなった。

振り返っても姿はない。

本当に身体の中に入ってしまったようだ。

憑依（ひょうい）という言葉通りである。

「まずは第一段階は成功ですね」

ウンディーネがひとつうなずいた。

それはどこで判断しているのだろうか。

当人である凛にはさっぱり分からない。

「どこで判断してるの？」

「ああ、そうですね、そこもお教えしておきますか。あなたには見えないかと思いますが、うっすらと水色に輝いています」

そう言われて自分の身体をためつすがめつ見てみるが、凛にはやはり分からない。

しかし、成功はしているらしい。

分からなくても、まあウンディーネがそう言うのならいいだろうと、今は考えないことにした。

「それでは……氷の力を使おうとしてみてください。かなりきついですから、くれぐれも全力を出さないように。しかしあまり弱くても、というところです。全力さえ出さなければ、さじ加減はお任せしますね」

「えっと、うん」

かなりきつい。

その言葉に少しおののきながらも、凛は右手のひらを適当な岩に向けた。

発動する魔術は『フリーズ』のより殺意が高いもの。標的を凍らせた上、閉じ込めた氷で圧壊させる魔術だ。

ばきん、と激しい音と共に岩が完全に氷塊に包まれる。

岩は間を置かずに粉々に押しつぶされた。

それだけに飽き足らず、その周辺までもが凍り付いていく。

先程の『フリージングランス』と比較しやすいように、発動するために込めた魔力は同じくらいだ。

精霊魔術と同じくすさまじい威力だった。

なんとなく精霊魔術よりも強い気がしたが、それは『フリージングランス』を撃ってみないと分からないだろう。

撃ちながら同じ魔術を使えば良かった……と一瞬考えたものの、すぐにそれどころではなくなってしまった。

「あぐっ……」

ぐらりと視界が揺らぐ。足から力が抜けた。

立っていられず膝をついてしまった。

魔力は使った分が減っているのが分かる。威力が上がったからと、極端に持って行かれたわけではない。

「く、あ……あ……」

全身を襲うとんでもない倦怠感。

それが少し和らいだところで、右腕にとんでもない激痛が走った。

見ると、長袖の肘から先が真っ赤ににじんでおり、指先から流れた血が落ちている。

持ち上げているだけで痛くて辛い。だらりと重力に任せてしまいたい。

しかしこの傷で地面に触れさせたくはない。

膝をついた状態からゆっくりと座り込もうとして、倦怠感によって身体のコントロールが効かずにどすんと座り込むことになった。

「〜〜〜〜〜っ!?」

その衝撃が腕に響く。

こらえきれずぽろりと落ちる涙を拭う余裕もなく。

凛は痛みにさいなまれながらも袖をまくった。

「く……ぅ……。……こんな……」

肘から先の皮膚が裂けてボロボロになっていた。

しかもなかなかに深い裂傷だ。

これが、精霊憑依の代償というのか。

凛は左手でポーチからポーションを取り出す。

これだけ深い傷となるとかなり沁みるが、背に腹は代えられない。

しかしこの傷なら手持ちのポーションで痕が残ることもなく治療できる。

あまりの倦怠感と激痛にさいなまれてそこまで頭は回っていないが、やるべきことはひとつ。

まずは傷を治すことで頭がいっぱいだ。倦怠感と激痛のダブルパンチは耐えられない。

「うあああ……っ！」

二の腕を握りしめ、治癒に伴う痛みに耐える。

実際には十数秒、しかし凛にとってはそれ以上に長く感じる時間をこらえ、ようやく完治した腕を見やる。

傷は残っていない。

「はあ……はあ……はあ……」

傷は治ったのに痛みが残っているかのように感じる。

肩で息をしながら、幻の痛みと倦怠感に耐える。

「アヴァランティナ」

ウンディーネの呼びかけに、氷の精霊がふわりと凛の身体から飛び出した。

「……大丈夫、ではないですね」

地面が垂れた血で染まっている。

更に倦怠感が抜けていないことがありありと見えており、ボロボロである。

「……いかがでしたか？」

「ほんとに、きつかった……」

まさか術を使っただけでこれだけ体力を持って行かれ、更に傷までつくとは思っていなかった。

「少し、待ちましょうか」

ウンディーネの気遣いを受けて、凛はありがたく休むことにした。

「そろそろいかがですか？」

しばらくしてようやく疲れも取れてきたところで。

「もう大丈夫。ありがとう」

待っていてくれたウンディーネに感謝を述べ、凛は聞く姿勢を整える。

「いえいえ。それでは、先程の精霊憑依についてお話をしましょう」

「うん、お願い」

「結論から申し上げますと、リンさんの倦怠感と右腕の傷、これは精霊憑依によって発揮される力に身体の方がついていけていないために起きたことですね」

身体がついていけていない。

だから、体力を奪われたあげく、身体が耐えられずに傷ついた。

「精霊魔術師の魔術は精霊が発動するのに対して、精霊憑依は自分の身体を媒体にするため、術の強度に身体が対応できなかったことです」

「……」

「精霊があなたと一心同体となって術を放ちます。中継を必要としない分精霊魔術よりも反動がダイレクトに己に返ることになるのです」

だから体力が奪われ、放った魔術の反動がそのまま身体に返ってきたということか。

召喚術師、精霊魔術師、そして普通の魔術師のいずれも、精霊から力を借りて放つ。

「精霊が使う力を自分で撃つことになります。それに耐えうるように対策をしなければなりません」

「そっか……」

自然の化身である精霊の出力がすさまじいことはよく分かっている。

それを生身で撃てば耐えられない、というのは納得がいく話だった。大自然と称されるものを、人の身で受け止めきれるわけがない。

まずはそこを耐えられるように工夫をしなければならない。

パッと思いついたところでは、強化魔術である。

（けど、『精霊憑依』状態じゃ強化魔術は多分使えない。だから、精霊魔術で強化して……）

と、さっくり考えたところで凛は顔を上げる。

「ふふ、さっそく試したいことができたようですね」

「うん」

「それは何よりです。シェイド様曰く、精霊憑依は、精霊魔術に比べて劇的な出力の向上はないものの、できることの多彩さは比ではないそうです。手札の数はともかくすれば召喚術師以上にもなりえるとのことです。あなたの発想如何（いかん）ということでしょう」

「そうなんだ。それは楽しみだね」

「ワタシも分からないことだらけです。共に良くなっていきましょう」

アヴァランティナが言う。

きっと辛い鍛錬になるだろう。

しかし、その先に得られるものが大きいとなれば、その辛さも耐えられそうな気がする。

がんばろう、と決意する。

「けれども、長々とここで研鑽にいそしめるわけではありません。タイムリミットを設けます。そこまでに精霊憑依の目がでなければ、精霊魔術師としての訓練に切り替えますので、それは認識しておいてくださいね」

ウンディーネの言うことはもっともだ。

時間はあるが、暇ではない。

ということは、効率よくテキパキと進める必要がある。

そのためには試行錯誤の積み上げだ。

それは分かる。こなすべきは数だと。

しかし先程の倦怠感と激痛が思い起こされ、背中に汗がにじんでしまうのは抑えられない凛であった。

北の海、その果て。

陸地全てが数千メートル級の分厚い氷に覆われた大陸。

絶え間なく猛吹雪が吹き荒れ、一年のうちそれが止むのは数度あるかないか。

常時零下数十度という極寒。

あまりにも厳しい環境ゆえに人間が一度も足を踏み入れていない秘境。

踏み入れていないどころか、この大陸が存在することすら誰も知ることのない地。

ここに到達する前に、人間では耐えられない自然環境になってしまうからだ。

その大陸の中央にそびえ立つ氷の城。

氷を削り出して作られたその城は、もしも人間が見たとしたらその荘厳さと、何より巨大さに言葉を失っていたことだろう。

大きいだけではなく、細部にいたるまで凝った装飾がなされている。

古竜が暇に飽かせて城を飾り立てた結果だ。

大きいのはいわずもがな、古竜の身体に合わせて建てられたからである。

身も蓋もないことだが、古竜にとってはこんな城など不要だし興味もない。

ただ、数千、数万という時を生きる古竜にとっては、暇を潰せることが何よりも必要だったのだ。

人間が建造した城という芸術品。

城に興味がなかったのは間違いないが、人間という小さい生き物が培い継承し続けた知恵と技術には敬意を抱いた。

ゆえに、暇つぶしの内容としてその芸術品をつくることにしたのだった。

やりたくなったら建築する、という感じだったため、建築が終わるのには実に五〇〇年を要した。やる気が起きなければ数十年単位で放置もしたが、趣味のようなものだったのでそれで良かった。

人間の感覚では考えられないほど気の長い取り組み方だったが、古竜にとっては最適の暇つぶしである。

いくつもの国が興っては滅ぶだけの時間をかけて、ただ何となく建造した城。それを改めて見渡した古竜は、そのまま取り壊すのもなんとなくもったいなく感じた。

暇が潰せれば良かったので、作るだけ作ったら破壊する予定だったのだ。

ここは人間には生活できない地。北の劣悪極まる厳しい環境に適応した野生動物や魔物がごく少数生きているが、どうあっても古竜の安寧(あんねい)を乱すものではない。

ちょうどよく思った古竜は、せっかくだからここを根城にしたのだった。

中はいくつも部屋があるわけではなく、城門から古竜の寝床まで一直線だ。遮蔽物や罠はおろか扉すらもないが、古竜の居城なので侵入者はいない。

外観はもちろん、内装ももちろんこだわった。

何度も試行錯誤しながら造作しなおしたためかすばらしいものになっている。

全て氷でつくられているから単色だが、これで色がついたらガルゲン帝国の城と比べても遜色はないほどの絢爛さになるのは疑いない。

さて、そんな巨大で豪華絢爛な氷の城。

その主の竜は、最奥の寝床に当たる場所で瞑想にふけっていた。

『……』

目を閉じて微動だにしない古竜。

その身体からは莫大な魔力が湯気のようにたちのぼっていた。

他者に向けられているわけではないのだが、もしもそばに誰かがいたらその強大さと膨大さゆえに一瞬で気を失ってしまうことだろう。

古竜の前には台座が設えられており、薄い青色の光を明滅させている珠が乗っていた。

古竜からたちのぼった魔力が、その珠にゆっくりと吸い込まれている。

ふと、古竜が目を開けた。

『……』

そして台座の上の珠をじっくりと観察すると、ひとつ息を吐く。

『……これで良かろうな』

古竜から珠に向けて発せられていた魔力の供給が止まった。

そう、これこそが『竜の秘薬』だ。

リヴァイアサンとティアマトの眷属にかけられた呪いを解くための霊薬。

それがついに完成したのだ。

『ふむ』

古竜は、秘薬を完成させるために入れていた力を抜いてリラックスした。

完成したからと言ってすぐに動けるわけではない。

消耗した身体を少しでも休ませる必要があった。

そのため、自然と頭の中で考え事が始まる。

こうして役割が発生するのは稀な古竜。役割があるイコール異常事態なので、古竜が暇な方が世間的には良い。

それは分かっているが、無為な時間を過ごすのは苦痛である。

必然的に長時間寝ているか長時間考え事をしているかの二択になる。

太一たちの前に姿を現わした日から八日間が経過していた。

それ以前から準備していた甲斐があったというもの。

なので既に完成間近ではあったが、そこから更に上積みしたこの八日間という時間は、実にいい塩梅だった。

ちなみに、『竜の秘薬』の正確な完成時刻は制作者の古竜も正確に読むことはできない。

せいぜいが、大体このくらいの期間で完成する、という大まかな指標のみだ。

明確な理屈などはないし、古竜自身にも説明はできない。シンプルに「そういうもの」だからだ。

先日ここを訪れたシルフィードから、太一たちの訓練内容についても聞いていた。

太一は契約したエレメンタルであるウンディーネの力の確認と習熟。

凛、ミューラ、レミーアは精霊魔術師になるための特訓。

それらにある程度の時間を割くことになるので、秘薬完成までの時間はありがたいものだったのだ。

実力アップは欠かせない。

古竜はさまざまなところを見物し、その必要はよく感じ取っていた。

特に太一の仲間三人だ。

確かに人間としては非常に優れた強さを持っている。

人間の歴史をひもといてみても、三人とも確実に上から数えた方が速い。

けれども基準はあくまでも人間だ。

人間としては、という条件がつく。

それでは危うい。

古竜が見たところ、彼女たちよりも強い敵はそれなりの数がいる。

リヴァイアサンやティアマトならば苦労はしないが、それでも人間ではどうあがいても勝てないだろう敵は存在する。

全てリヴァイアサン、ティアマト、そして太一が片付ければ問題はない。

けれどもそううまくはいかないと古竜は見ている。

『やはり、あやつだな……』

秘薬を作るかたわらで行っていた探索で、標的の新たな拠点は既に割り出し済みだ。シカトリス皇国から北北西にある島。マーメイドとマーマンが国を作って生活している、その近海では最も大きな島。その島にある山の山頂付近の洞窟から入ったところに、拠点はあった。

件(くだん)の拠点にて時折姿を見せる、仮面の男。

男だと分かるのは、ローブはまとっているが骨格が分かる服装をしているからだ。人間の女性特有の丸みがなかった。

これまで見たどんな敵よりも不気味な雰囲気をまとっている。実力も折り紙つきだろう。直接相対したことはないので分からないが、たたずまいを見れば強いことは分かるし、目に入った身の程を知らぬ魔獣に対する無慈悲さ、残虐さも垣間見ることができた。

鬱陶しそうに、しかしなぶるように殺していた。

そんな仮面の男ではあるが、マーマンとマーメイドに手は出していない。

拠点に潜む連中が彼らに手を出していない理由はいくつか。

まず、手を出せば戦闘になってばれるからだ。おとなしくしているからこそ見つけにくい。現に、この場所を古竜が見つけるまではそれなりの時間がかかっている。

さらに、仮面の男がマーマンとマーメイドに手を出さなかったのは、単純に興味がなかったからだとも思われる。

住んでいることを知らないはずがない。

仮面の男の視界にちらちらと入るなどして目障りだと感じさせたら虫を払うように殺していただろうが、マーメイドとマーマンは自分たちの住処以外に島内を移動することはなく、男の目にとまらなかったのだ。

戦っているところを見たわけではないので推測にはなる。

しかし、古竜の勘は、一筋縄ではいかないと訴えていた。

もしもあの仮面の男が強かった場合、リヴァイアサンとティアマトのどちらかが、この二頭で敵わなければ太一が相手をすることになる。

そうなると、凛たちでは勝てない敵を受け持つ担当が当然減る。

精霊魔術師。

精霊との契約によって普通の魔術師よりも強い力を発揮可能で、人間の区分ではユニークマジシャンとされている。

その力をもしも手に入れられたとすれば、「強い敵」の危険はかなり減る。

古竜としては、眷属を救ってもらうという認識だ。

どのような背景があれど、そのために犠牲になってしまうのは本意ではない。

どこまでいっても、これは竜側の問題であるのだ。

たとえあらがえなかったとしても。

たとえ敵がこの世界の者でなかったとしても。

しかし同時に、救ってもらえるのはありがたい。

古竜は動けない。

秘薬を作ったゆえの消耗もある程度は和らぐだろうが、これから起こる戦いに耐えうるほどには回復しない。

『うむ。実に厳しいな』

自身の現状。

世界に忍び寄る足音。

この先の未来。

その全てを、一言で評する古竜。あの手がうまくいってほしいものだ。

『ともあれ、まずは目先のことだ』

この戦いを乗り越えなければ先はない。

古竜としても、自身の眷属（けんぞく）を呪いなどにかけたそのお礼を丁寧にしてやらなければならない。

足がかりとされているところをひとつ潰すチャンス。

是非とも成功させて欲しいものである。

もう一度、秘薬の様子を見た。

古竜が見る限りきちんと安定しており、これならば呪いに対して十分な効能があることだろう。

◇◆◇◆◇◆◇◆

力をしぼる。

しぼる。

しぼる。

「いけっ！」

どばん、と砂浜がド派手にはじけ飛ぶ。

「……くっ」

想定した以上の威力。予想を上回る範囲。オークあたりを倒せるかどうか、というレベルで撃ったはずなのに、相手がオーガであっても土手っ腹に大穴を空ける威力だった。

端的に言って制御失敗だ。

そのうえ魔力が派手に持って行かれてミューラは脱力感に膝をつきそうになる。

どうにかこらえたものの、なかなかうまくいかない。

ミューラの魔力操作能力が低いわけではない。

精霊魔術師になって、求められる操作能力の基準が高くなったのだ。

これが生粋の精霊魔術師であれば、ここまでの魔力操作は求められない。

今直面している課題は、後天的に精霊魔術師になったからこそだ。

「まだ、ぬるい……！」

精霊魔術師としての訓練を開始して丸二日が経過し、現在三日目。

進歩はある。

最初に比べれば雲泥の差と言って差し支えないほどにはレベルが上がっている。

しかしまだまだ満足などできない。

使うこと自体はできる。

ミューラの魔力量、魔力強度からは考えられないほどの威力が出せるのは間違いない。
確実に奥の手となる。カードの切りどころを考えれば強力な武器となるだろう。
けれどもそれだけでは物足りない。
込めた魔力は同じでも、発揮する効果は桁違い。
細かい微調整が可能になればミューラの総合力は飛躍的に増大する。
せっかく得た力。
どうせなのだから十全に扱いこなしたい。
『……ロックランス！』
右腕を振りかぶり、放つ。
発射から着弾まで一瞬だった。
放った岩の槍は巻き上がった砂が全て落ちた後も視認することはできない。
相当深くまで潜っていったらしい。
先程とあまり変わらない。
使ったのは同じ魔術なのに。
どれだけしぼっても、どれだけ小さくしても、制御ができない。
いつもの魔術であれば、発動するかしないかの威力でやっているつもりだった。
けれども発揮されるのは必殺クラスの威力。

そしてごっそりともっていかれる魔力。

「だめ、か……！」

砂がつくのも構わず大の字になってばたりと後ろに倒れた。

肩で息をしながら空を見上げる。

晴れた青空。

ところどころに浮かぶ白い雲。

なんと大きいことか。

それに比べて自身のなんと小さいことか。

およそ現存する人間では防ぎようのない攻撃力を手に入れた。

贅沢ここに極まれりというところだ。

あきらめるのが簡単だ。

いざという時に放てる人間離れした一撃。

相応に体力を消耗はする。

それでも一発撃って終わりではない。今の扱いこなせていないミューラでも二発……いや、がんばれば三発は行けるだろう。

（だけど……）

目を閉じる。

（ここであきらめてしまったら、きっとあたしは成長することを止めてしまう……）

ミューラは努力家で自分に厳しい。

その評価は正しいものだ。

だが、本来の自分はそうではないと、ミューラ自身がよく知っている。

なんのことはない、そうやって律し続けてきたのだ。特別、自分に厳しい、などということはない。

そうしなければ手を抜くと分かっていたから。

凛と共に行動するようになってからは、彼女に置いて行かれないために、追い越すためにより律することができるようになった。

本当に、凛には感謝しかない。

ミューラは心からそう思っている。

同じくらいの実力の持ち主。

動機はシンプル。

負けるのは嫌だ。

いや、違う。

負けるのは嫌だが納得はできる。凛はミューラとほぼ互角なのだ。

けれども、自分が手を抜いたことで置いて行かれるのだけは耐えられない。

ミューラは、凛に魔力量と魔力強度という資質の面で劣っている。

それを剣士と魔術師の相性と、経験値および修行した期間の長さで補っているのだ。

そして努力を怠らない凛に引っ張られてここまで歩いてこられた。

（きっと今も、リンはがんばっているはずよね）

ウンディーネに連れて行かれた凛。

闇の精霊シェイドからの伝言。

どんな内容なのか気にならないと言えば嘘になる。

しかし簡単に済む内容ならばとっくにこちらに戻ってきているはずだ。

それでも戻ってきていないということは、きっと今はウンディーネとともにシェイドから特別な何かを与えられることになったのだろう。あくまでも推測でしかないが、この状況でこのタイミングならそう考えるのが最も自然だ。

凛ならばそれを受け取るに違いない。そして今は、与えられたものについて何事かに取り組んでいるはずである。

正直なところをいえば、明確な待遇の差にかすかに不満を覚えてはいる。

けれども、その不満に任せてふてくされている余裕はない。

ミューラとしては、その待遇の差に文句を言うのは、精霊魔術師としての力を十全に扱えてからだ。

凛だけが何かを受け取り、ミューラとレミーアには何も渡されなかった、というわけではない。

精霊魔術師の力に振り回されている段階で、凛が受け取った「特別」に不平を言ったところで、「精霊魔術師の力も使いこなせないのに？」と言われてしまえば反論の言葉は用意できない。

何より、その「特別」が、必ずしもいいものであるとは限らない。

物事には相性というものがある。

ある人物に適したものが、別の人物にとっては適さず持て余す、ということは往々にして起こりうることだ。

凛に扱えてもミューラには扱えない。

その逆もまたしかり。

そもそもだ。

ミューラとて特別な出自から、彼女にしか使えない付与魔術がある。

レミーアもまたその血によって、世界最高峰の魔術師として名を馳せられるだけの資質を持っていた。

（うん、やっぱり、不平不満は人を腐らせるわね）

自分が恵まれていることを、改めてしっかり認識する必要がある。

他のあまたの魔術師からうらやましがられる場所に立っていたことを忘れてはならない。

精霊魔術が扱えずに気持ちをダウンさせるのではなく、たとえばこの力を使いこなして付与魔術と併用できたらどうなるのか。

自分の努力次第で得られるかもしれない未来に想いを馳せた方がよほど建設的だ。

(よし、うじうじするのはこれで止め!)

ミューラとて、たまに弱気の虫が顔を出すことだってある。

それ自体を否定するつもりはさらさらない。

人間落ち込むこともある。嫌になって何も手につかなくなる時もある。そんな自分を否定するな、と、かつて師匠からたしなめられたことがあった。

即座に切り替えができるようになるには、相応の場数および時間という名の経験値が必要であると。

時間は誰にでも平等だが、相応の場数というのはその地に向かって足を進めなければ得られないこと。

まさに今その旅路の途中。

落ち込んだ後、きちんと切り替えることができればそれでいい。

「さっ。やりましょうか!」

ミューラは気合いを入れ直してもう一度訓練に取り組む。

やはりうまくはいかない。

しかしそれが当たり前だ。

初めて取り組むことだ。

ミューラはいきなり使いこなせるようになる、というのをあきらめた。

契約というパスがどれだけ強力かを、まずは思う存分身体に覚え込ませるところから始めることにしたのだ。現状をより深く認識しなければ、今己がどこに立っていてどこに歩いて行けばいいのかも分からない。

そして、今のままでも発揮される力。

制御できていないという難点はあるものの、これまではまるで通用しなかった相手にも通用することになっているのだ。それが頼もしいのは間違いがないのだから。

◇◆◇◆◇◆◇◆

ミューラが気持ちを切り替えたのを視界の端で捉え、レミーアは自身に向き直った。

師として弟子の様子を気にかけていた。

とはいえ、正直そちらにばかり目を向けていることはできない。

レミーアも自分をおろそかにできるほど余裕があるわけではないからだ。

「……」

今起こした風の刃。

かなり手加減をしたものだ。ゴブリン一匹をギリギリ一撃で殺せるかどうかという威力のつもりで撃った。

しかしその想定で放ったはずの一撃は、海を数メートルも割るほどの威力があった。

明らかに過剰攻撃。

ゴブリンどころか今の一撃に耐えられる魔物は少ない。

「……ちっ。これでは師としての面目も保てんな」

あまりにふがいない。

原因はつい先程ようやく突き止めた。

契約というパス。

その道があまりに広く、整備が行き届いている。

流した魔力の通りが良すぎて、想定した以上の量が出て行ってしまう。

どれだけ出て行くかのコントロールが効かない。

簡単に言えばそういうことだ。

（つまり、契約がなかったこれまでは、かなりの量の魔力が霧散していたということだ

な）

魔力の行く先を丁寧に観察すれば、渡した魔力がほぼまるまる精霊に届いていることが分かった。

逆に契約をしていない属性の魔術を使った際には、魔力が減衰していることが確認できた。

これまでは気にもしなかったことだ。きちんと制御した魔力を渡していた心づもりだった。

魔力は空中のいずこかに溶けて消える。

すると魔術が発動される。

溶けて消えるイコール精霊に届いた。

学者や研究者の間ではそのような仮説が立てられていたことであるし、こうして精霊を知覚できるようになった今、その仮説が正しいことも理解した。

その溶けて消えていく魔力。精霊が魔力を取り込む際に減衰していたなどと誰が気づけようか。

精霊魔術師が、システム的には同じ普通の魔術師と比較してユニークマジシャンと区分されていた理由。

精霊との契約というパス。

ただそれだけの違いが、魔力の減衰の有無という唯一にして大きな差を生み出し、それが直接魔術の効果の大小になっていたのだ。

生まれながらに精霊魔術師の資質を持つものは、この契約という通路の扱い方を頭ではなく身体で理解している。

そのために魔術を自在に操ることができるのだろう。

だからユニークマジシャンと呼ばれているのだろう。

(しかし私たちは、契約パスの扱い方を理解していない。それが、威力を制御できない理由か)

もとから持っていなかったものの扱いに習熟するには訓練が必要だ。

それは魔術はもちろん、武術だってそうだし、一般人の身近なところでいえば鍛冶職人、服飾職人もそう、家庭内でなら家事育児炊事もそうだ。

料理の素人が包丁を持て余すのと、根本は同じである。

包丁の扱いについては、料理ができる者を手本にして学ぶことができるので、やる気がある素人ならば真似をすることで多少マシにはなる。

しかし精霊魔術師については、手本にできる者がいない。

自分たちで道を拓く必要がある。

それが、こうして苦労している理由だ。

いか。

（……このままでは師という名が廃るというもの）

この通りが良すぎる道。表面が極めて滑らかな陶器やガラスのようだと表現するのがいいか。

そこに闇雲に油で濡れた手をついては、滑ってしまうのは道理。

まずは手にこびりついた油を取るところからか。

すべきことの方向性は理解した。

次はそれを実践し、手順を構築するのみ。

「それにしても面白いものだ」

レミーアは己の手を見た。

二つ名さえ得られるほどに卓越した魔術師であると自負がある。

他者からもそう認められているのだ。

自他共に認める通り魔術については一家言があり、ある程度高みに登ったとうそぶいても誰からも愚者扱いはされない。

「魔術に関することでこうして四苦八苦するのはいつぶりか。人生何があるか分からないものだな」

だからこそ面白い。

まだまだ上がある。

まだまだ見たことのない景色がある。

まだまだ知らない世界がある。

実力アップ、限界突破。

その言葉で片付けてしまうのはもったいない。

実に困難で実にやりがいがある。

レミーアはますますやる気をみなぎらせて、自分との会話に没頭していった。

「アヴァランティィナ」

「はい」

すい、とアヴァランティィナが凛の中に溶け込む。

アヴァランティィナの力が全身に巡っているかのような全能感に包まれる。

これが精霊の力。

ウンディーネ曰く、アヴァランティィナは中上級の精霊だという。つまりシルフィードに覚醒する前のエアリアルと比べて半歩ないし一歩劣るレベルのようだ。

それでもこれだけの力があるのか。

凛はまずこの全能感に呑まれないようになる必要があった。

それが、幾度となく身体に傷を作りながらも理解した重要ポイントだった。

これまでの自分と比較すれば、いくらでも強い力が発揮できる。

だからこそ自制。

言葉を偽らずに言えば、調子に乗らないようにすることだ。

「……ふぅ」

どうしても高揚する気分を静める。

それがなるまでは術は放てない。

身を切って一発撃ってそれで終わり。

これを奥の手と割り切ったとして、もしも敵が凛の攻撃を耐えきったとしたら、反撃の手立てはない。

それが今の凛の現実。現状。

確かに能力は劇的に上がるが、それでは手札として計算することはできない。

「ここまで、かな。いったん出てもらっていい？」

ふわりと凛の身体からアヴァランティナが離脱した。

術は放っていない。同化しただけなので体力も魔力も失っていない。

なのでケアする必要があるのは自分のメンタルのみだ。

「いかがですか？　何かつかめました？」

「うーん、やっぱり難しいね」

凛は腕を組んでため息をついた。

今はアヴァランティナの姿が見えているし、言葉も交わせている。シェイドが作り出した新たなシステムに取り組むのだから必要だろうというウンディーネの温情だ。ミューラとレミーアにはこの温情はない。精霊魔術師としての訓練であれば与える理由がないとのこと。

自分でつかまなければいけないという。契約した精霊に認められるためにも。

まだ高揚している。

こういう時は、理屈っぽいことを考えれば多少は落ち着く。

自身が持つ魔力がまるまる精霊に渡される。

魔力の減衰なしで放たれる魔術の威力は桁違い。

契約していない精霊が放つ魔術は、しぼった魔力が更に減衰するからこそ威力が抑えられているのだ。

けれども契約している精霊を介す場合、その減衰が一切行われない上に魔力の通りがいい。

だから、身体に傷がつくほどの反動が生まれる。

凛はそれを文字通り身体で感じ取っていた。

幾度となく傷つけば嫌でも理解した。

同化しているからこそ、自分の魔力の動きを追うことができる。それはレミーアと同じ結論であり、精霊憑依を行うからこそのアドバンテージ。

（結論から言えば、魔力の操作能力が甘いってことだよね……）

その一言に尽きた。

渡す魔力を更に小さくできなければ、威力のコントロールはできない。

アヴァランティナは渡された通りの魔力で術を放っているので、問題はどこまでいっても凛側にある。

魔力の通りが良すぎるのも原因だ。

しぼったと思っても、通りが良すぎるのでつられて動いてしまう魔力が多くなってしまうのだ。

そこも考慮に入れるとなれば、更なる魔力操作能力の向上だ。

この説に思い至った時、反動に耐えられないのもさもありなん、という結論になった。

レミーアに言い渡された魔力操作能力の向上。

皮肉にもそれは、精霊と契約した段になって必要不可欠な要素であると認識させられたのだ。

「りんさん」

「……あ～」

ウンディーネに声をかけられ、凛は残念そうな声を上げた。

「時間切れかぁ」

「その通りです。精霊憑依はいったん横に置いて、精霊魔術師としての訓練に切り替えてください」

まあ、世界初の試み。

こんな短時間では、ものにするどころか切っ掛けをつかむことさえ難しいのは当たり前だ。

「後はあなた自身との戦いです。良いですね？」

「うん、分かったよ」

残念だが仕方がない。

仮に精霊憑依をマスターしたとしても、もしもその力に時間制限があるのだとしたら、精霊魔術師としての力の習熟も必須になる。

どちらもおろそかにはできない。

ここまでずっと精霊憑依についての訓練だけをしてきた。

精霊魔術師としての訓練にのみ邁進したレミーアやミューラには引き離されているだろ

う。

二人に、置いて行かれるわけにはいかない。

「アヴァランティナの姿は見えないようになります。引き続きがんばってくださいね」

ウンディーネが上昇していく。

残された凛とアヴァランティナ。

氷の精霊も、ゆっくりとその姿が薄くなっている。

「お聞きの通りです。この後はもう言葉は交わせません。……是非、ワタシの力を使いこなしてくださいね」

「任せて。絶対ものにしてみせるよ」

決意を込めた凛の宣言にアヴァランティナはうれしそうにほほえみ、その姿は完全に見えなくなった。

魔力で探せば、アヴァランティナはすぐそばにいる。

姿が見えないだけだ。

「……よしっ」

まずは二人のところに戻るために歩き出す凛だった。

第七十七話　いざ、決戦へ

修行開始七日目——

本日が精霊魔術についての特訓ができる最終日だ。

凛が精霊憑依(ひょうい)の特訓をいったん棚上げして精霊魔術師の訓練に移った翌日、ウンディーネに「残り三日で終了といたします」と言われたのだ。

古竜の秘薬が完成し、また敵拠点の場所の割り出しも済んでいるとのこと。現在は消耗した身体を癒やしているのだという。それが回復次第、再びシカトリス皇国を訪れると言っていたようだ。

つまりこちらも強制的に修行の切り上げになる。

だというのに、凛の目の前には、目を逸らしたくなる現実があった。

両手を海にかざす。

「……っ」

少しだけ力を入れる。

海水を凍らせ、氷柱を一本作り出すつもりだった。

しかし、視線の先。

海面は半径数メートルの範囲に渡って凍り付き、南国の島には不似合いな流氷ができあがっていた。

「く……」

がくりと膝から力が抜けたが、そうなるのは分かっていた。

踏みとどまる。

膝に手をついて、荒くなった息を整えながら、凛は思考に没頭した。

コントロールができない。

発揮したい威力を大幅に上回った。

直径三メートル、高さ五メートル前後の氷柱を作ろうとした。

しかし結果は、高さこそ想定からそうずれてはいないが、面積はとんでもないものになってしまった。

アヴァランティナは、凛から受け取った魔力をそのまま事象として発生させているだけ。

凛の側で調整すべきことなのだ。

「まだまだ……！」

魔力はだいぶなくなった。

しかしまだ残っている。まだ、撃てる。

心を落ち着け、集中。

魔力を丁寧に集めて、しぼり、小さくする。

できる限り小さく。

起こしたいのは小規模の現象。

普通の魔術なら、手のひらに収まる程度の氷塊を作ることもたやすい。

今この瞬間にそこまでできるわけがないのは分かっている。ただ、目指すべき目標として定めている場所はそこだ。

高さ五メートル、直径一〇メートルを超える氷が意図せずできてしまう今は届くべくもない目標。

しかも、魔力の消費度合いと、精霊魔術であるということを考えれば、威力は物足りないものになってしまっている。

精霊魔術は契約があるぶん、威力が強くなるというのは先に聞いている通り。

それを考えれば、魔力の半分弱を失ってなお、この程度の威力しか発揮出来ていないというのが正しい。

あの大きさの氷ならば、精霊魔術でなくても作ることは可能だ。

即ち、術の規模を小さくすることもできていないのはもちろん、大きくすることもできていないということ。

消費した魔力に見合う威力が出せなければならない。魔力を半分も使ったのだ。それは決して、精霊魔術を使わない凛でも出せる威力に収まるはずがない。

とまれ、まずは威力を小さくできるようになることだ。

違う術を使っては、どれだけ差が出来たか分からない。

同じく氷塊を作る。

もちろん想定としては直径三メートル、高さ五メートル前後の氷柱だ。

これに近づいていれば成果あり。近づいていなければ成果なし。

指標として分かりやすいのが一番だからだ。

先程と全く同じ感覚で操作し続けた魔力を、アヴァランティナに譲渡する。

発揮される氷魔術。

そのとても強い大自然の波動に、もう何度も見たはずの凛ですら、行使するたびに圧倒される。

「……ダメ、か」

またしても大量に持って行かれた魔力。虚脱感に耐えきれず地面に膝(ひざ)をつきながら、凛は自分が行使した術がどんな結果をもたらしたかを確認した。

果たして、海面には。

できあがった氷塊の大きさは、高さ五メートル、直径一〇メートルを超えていた。

パッと見た感じ、まったく変化がない。

これではだめだ。

成長は見られない。

変わらないのであれば、変えなければいけない。

根本からだ。

変わったと思っていたのは自分だけで、はたからみればきっと変わっていないということだ。

しかし、今の凛でできうる最大限、繊細に魔力を操作した。

手は抜いていないと胸を張って自負できる。

凛は一度手を止め、海面に浮かぶ氷塊をぼんやりと見つめた。

「太一は、どうしてるんだろう……」

召喚術師である太一。

彼が契約しているのは、アヴァランティナよりもはるかに強い力を持つエレメンタル。

ただ、彼は大規模かつ強力な術はもちろん、今では絶妙なさじ加減で繊細な術も扱うことができている。

いったいどうやってコントロールしているのだろうか。

もしかしたら、太一は細かい制御をしてはいないのかもしれない。

なぜなら、太一は精霊を見ることもできるし、話すこともできるのだ。細かい制御はせずに精霊に力を渡し、こうして欲しいとお願いするだけ。細かいことは精霊任せ……そんな大雑把（おおざっぱ）なやり方でも思う通りの結果が得られるのではないだろうか。仮にそうだとすれば、それは召喚術師であることの特権だろう。

この島にいて、かつウンディーネの協力がなければ会話はおろか姿さえ見られない自分たちとは根本的に条件が違う。

まあ、さすがに大雑把だというのは勘ぐりすぎだろう。

太一のことを馬鹿にしすぎだ。健全な思考ではない。

うまくいかない現実に、思わず思考が負の方向に傾いてしまった。

召喚術師になった当初の太一だって、大きすぎる力の制御に苦労していたし、今でも魔力のコントロールの訓練に余念がないことを知っている。

もっとシンプルに、ただ単にコントロールの訓練量と習熟度の差なのだろう。そこに精霊のアシストがあることがプラスに働いているだろうことは否定はしないが。

「魔力の通りがかなりいいことは分かってる……」

分かっているのに。

知っているからといってうまくいくとは限らない。

凛はちらりと横を見る。

そちらには同じく修行に励むミューラとレミーア。

二人とも苦戦しているようだ。

それは凛と変わらない。

違うのは、扱う術の規模。

凛が使う術は、中規模にしようとしたものが大規模な魔術になっている。高さ五メートル、直径十数メートルにわたって海水を氷結させるなど、間違いなく大規模魔術だ。

一方、ミューラとレミーア。

二人が使う術は、小規模にしようとした術が中規模になっている感じだ。

レミーアの方が精度が高く、ミューラは少々甘い部分が見受けられる。……が、そんなことは偉そうにいえる立場にない。凛は中規模にすらできていないのだ。

この差はとても大きい。

焦りの感情が強くなる。

心がすさんでいるのが自覚できていた。

「……ふぅ」

自覚できているからといって、ならばそれが抑えきれるかといえばそれもまた簡単なことではなかった。

先程の太一をうらやむような感情も、心がすさんでいるから起きたことだ。

そして、そんな自分に自己嫌悪。

心を落ち着けよう、気をしっかり。できることを。

凛とて幼子ではない。現状ですべきこと、どのように考えればいいか、その理屈は分かる。

ただ、幼子ではないが人間である。理屈は分かっても、それで物事が思い通りになるのならば苦労していない。

ドツボにはまっている、のだろう。

こういうとき、がむしゃらにただ続けてもいいことはない。

ごちゃごちゃと複雑に考えるときっと迷走する。

これは経験則だ。かつてこうしてうまくいかずに迷ったことがあった。

こういう時は、実現可能かどうかは横において、最もシンプルな解決方法を考えてみる。

何に悩んでいるのか。それにはどうすればいいのか。

答えは、すぐに出た。

（……結局は、私の魔力操作が甘いのが原因なんだよね）

そう。
これで十分に少ないだろうと思った魔力の量が、実際には多すぎた。
結果発揮される現象が想定を大幅に超えた規模になってしまっている。
（逃避してた、だけか……）
見たくなかった現実。
それはつまり、自分がミューラに置いて行かれているということ。
レミーアとの差があるのは素直に受け入れられる。
ただ、ミューラとは互いにライバルであると自認している。少なくとも凛はそうだ。
切磋琢磨する相手として、置いて行かれるのはふがいないばかり。
……と、そこまで考えて、凛は首を左右に振った。
（ううん、違う……。ここで見栄を張るな！）
自分と向き合っている時、ごまかしをするべきではない。
本心から目を逸らすのはとても楽だ。
理由を自分に求めなければ、根本の解決にはいたらない。
自分が負けている現実を受け入れるべきだ。
ミューラやレミーアとは違う力。
精霊憑依(ひょうい)の力を手に入れる権利。

それに浮かれていたことを認める。まずはそこから。

精霊憑依の力を使えるようになるため、文字通り身を切る修行に挑んだことは、手放しで自分を褒めてもいい。物にしたとは言いがたいが、いざという時に後のことを考えない一度限りの切り札としてなら、十分使えることも分かっている。

そのことに覚えていた優越感。

差をつけられたことに対する悔しさ。

その差を一向に縮められない自身へのふがいなさ。

何より、互角だったはずなのに、いつの間にか一歩先に進んでいるミューラに対する嫉妬（しっと）。

それら全てに、ひとつひとつ向き合い、見つめる。

とてもしんどい作業だ。

（あ……っ）

ふと、思い至る。

こうして追い抜かれて感じる気持ち。

凜が瞬く間にミューラに追いついた日、彼女はどんな思いだったのだろうかと。

ミューラからすれば、凜は魔術のまの字も知らない世界から来た異人。

資質で上回り、魔術に関しても異常ともいえる速度で習熟した。

ミューラは太一と凛が現われる前からレミーアのもとで修行に励んでいた。

その積み上げた努力という道のりを一足飛びで駆け抜けた凛に対して、ミューラはどんな感想を抱いていたのか。

かあ、と、凛は顔が赤くなるのを自覚した。

ミューラが嫉妬を抱いているかのようなそぶりは、これまで凛が接してきた限り一度も見たことがなかった。

彼女は凛よりも年下だが、日本にいた頃の自分と比べてどうだっただろうか。

日本にいたころも周囲と比べて大人っぽい、とは言われていた。一方でミューラほど精神的には成熟していなかったと断言できる。育った環境、世界の違いと言ってしまえばそれまでだが、今は凛もこの世界に来てそれなりの時間がすぎている。いつまでも育った世界の違いで片付けられないことがあることも、理解していた。

ここは大人になろう。

この恥じる感情が、今はむしろありがたい。

抱いた自己嫌悪と嫉妬はそう簡単には拭えないからこそ、それを糧に気持ちを切り替えられそうだ。

恥ずかしい姿を、いつまでも見せていられない。

（……よしっ）

目を閉じて気合いを入れる。

魔力操作の熟達だ。

それがなくば、精霊魔術をまともには扱えない。

アヴァランティナの力を使いたいという焦りをどうにかねじ伏せ、凛は自分の内側と会話を始める。

時間はもう幾ばくも残っていない。与えられている時間は、実質今日だけだ。

しかし、焦らぬよう努めて心を落ち着ける。

慌ててやっても改善しない。こういうことは積み重ねが必要だ。

小さく短くとも、確かに積み上げられる一歩を。

焦って取り組んで何もできなかった、となるよりは、ほんの少しではあるが確かに糧になった、と思いながら眠りにつければ合格点。

魔力を手のひらに集めてみる。

無造作に生み出した割には、ずいぶんとしぼることができていた。

「うん、まあ悪くないかな」

これを少しずつ小さく。

「あ、その前に」

今できる最小規模の魔力操作、これを咄嗟(とっさ)にできるだろうか。もっといえば、狙った魔力の大きさを瞬間的に正確に狙えるだろうか。

実地では、一生懸命に魔力を操作する余裕がないことがほとんど。これまでは多少の誤差があっても特に支障はなかったが、今後は分からない。

その精度を高めることが大事ではないだろうか。

そしてそれも、魔力操作の修行になるのではないか。

「……よし」

具体的にすべきことが定まり、少し気が楽になった。

けりをつける時まで、秒読みだ。

雪を伴った強風が吹き付ける。

海上は身を切り裂くような寒さだ。

シルフィの風の膜で防御している太一はそこまで寒さを感じていないが、その加護を受けていない船員たちは辛いはずだ。

(すげぇな、さすが北の海の男……)

もともと極寒の国で海に出ていた者たち。北上するにつれて確かに寒くなっているのに、彼らの動きはまったく鈍ることがない。

白色族は魔術が得意な反面、肉体的には少々劣るのが種族特性だが、海の男たちは他種族に遜色ないたくましさを備えていた。

普通の人間にも魔術に優れた者はいる。

例えばエリステイン魔法王国のベラ・ラフマ宮廷魔術師長は正真正銘人間だが、魔術に優れるエルフや白色族の大多数よりも魔術に優れる。

ベラほどでなくとも、メヒリヤだって非常に優秀な魔術師だ。

人間で言うベラやメヒリヤのように、肉体的に優れる白色族が生まれた、というだけだろう。

吹雪の向こうに、うっすらと大きな島の影が見え始めている。

「あそこか……」

いつの間にかやってきたのか、防寒着に身を包んだレミーアが太一の隣に立っていた。

敵の出現には気を配っているが、味方には気を配っていなかった。

少し気を抜いていたようだと、太一は軽く反省する。

そんな太一の内心を知ってか知らずか、レミーアは何も言わなかった。

「もう少しだな」

「ああ」

あの島には、マーメイドとマーマンが暮らしているという。

「凛とミューラは？」

「あやつらは今も魔力操作の鍛錬中だ。少しでもやっておきたいのだろうよ。せっかくだ、ギリギリまでやらせてやるつもりだ」

「なるほどな。レミーアさんはやらなくていいの？」

そうからかうように太一が聞くと、レミーアはにやりと笑う。

その顔は「わかりきっていることを聞くな」と言っていた。

「お前に言われずともやっている。常に並行作業でな」

なるほど、それ一点に集中せずに、日常生活の中でもやっているということか。

魔力を操ることに慣れる。

改めて言葉にしてみても、特別でもなんでもない。が、大事なことだ。

それに簡単なことではない。ただやるだけならばできるが、レミーアの領域ではできない。

太一、凛、ミューラがその修行に没頭した時のレベルに近い水準で、レミーアは日常の中に修行を取り入れることができるのだ。

このあたり、まだまだ敵わない。

凛とミューラが懸命に取り組んでいる魔力操作。

この修行こそ、精霊魔術師の力を使いこなすのに最も重要な修行なのだ。

太一は、出発する前のことを思い出していた。

あと数時間もすれば出航だ。

現在、古竜もプレイナリスを訪れており、情報をイルージア、リヴァイアサン、ティアマトに伝え、秘薬を渡しているところだろう。

そして、ウンディーネの修行を受けていた凛たちも帰宅したところだった。

「へぇ、精霊魔術師か」

太一は素直に驚いていた。

凛がウンディーネに願った、限界突破。

その詳細は聞いていなかったが、どんな選択肢があるかの予想はしていた。

そのなかのひとつに、精霊魔術師もあった。

普通の魔術師からユニークマジシャンへのジョブチェンジ。

いや、これはもう進化と言ってもいいだろう。予想はしていたが、それが実現するとは思っていなかった。

何せもともと持っていた隠された資質ゆえに、などという都合の良いことはなく、後天的な変更なのだ。

後でウンディーネから聞いたところによると、もともとウンディーネのみでも出来たことだが、闇の精霊シェイドに協力してもらえたことでよりスムーズになったという。

彼女が言っていた、「敵ではない」という言葉。まだ心から信じられているわけではないが、世界の管理者として、理をねじ曲げてまで凛たちのパワーアップに協力してくれたことで、信憑性が上がった。

太一としては全面的に大歓迎だ。凛、ミューラ、レミーアが強くなるということは、それだけ死の危険が遠ざかるということ。そのぶん、より危険で強い相手とも戦うことになるのは間違いないが、それだって精霊魔術師になれず、かつ太一が何らかの理由で排除ができなければ逃げることしか出来ないのだ。

それはさておき。

精霊魔術を使えるようになった。

しかし、扱えるようにはなっていない。

三人は口を揃えてそう言う。

その状態のことは、太一も嫌と言うほど分かっている。

ただ使えるというのと、きちんと扱えるということには天地ほどの差がある。

ともあれ。

「威力はすごく上がったよ」

「そうね。比類なき、と言っていいかもしれないわ。まさかあたしたちまで人間卒業と相成るなんてね」

「そうかな？　……うん、そうかも」

かつて太一を指して言った「人間卒業」。

今は自分自身がそこに到達したことをミューラが言い、凛もまたそれを否定しなかった。

「そうさな。制御という意味ではまるでなってはいないが、少なくとも只人の出力とはかけ離れておる」

精霊魔術師となる前の状態で放てる最も強い魔術の二倍から三倍の威力は簡単に出せる。

そして現状ではまだ最大限の威力を出せるほどではないため、ポテンシャルは全くの未知数なのだとか。

「へえ、魔力の通りが良すぎる、ねぇ」

レミーア含む全員が突き当たっている壁が、術の制御。

術の制御に必要な魔力操作能力には太一も自信がある。しかし凛、ミューラと比較して大幅に優れている、というわけではない。ましてレミーアには追いつけてもいない。

特に通りがいいと思ったことはない。というより、意識したこともなかった。

ウンディーネに尋ねてみる。

「先天的に精霊魔術師だったなら、そこで悩むことはないでしょう。彼女たちは後天的に精霊魔術師になったので、パスの存在に慣れる必要があるのです」

太一の場合は、召喚術師という才能は先天的。なので精霊とのパスがあるのが当たり前。もとから持っているものを扱うことに苦労はしなかった。

それは生まれついての精霊魔術師も同様。

一方、凛たちは手術によって新たな器官が移植されたのと同じ。

新たな器官が身体になじむまで、また身体がその器官を使えるようになるためには訓練が必要、ということだ。

その訓練として魔力操作が必要になった。

新たな力を手に入れるためのステップなのだろう。

「そっかぁ、うらやましいなぁ」

思わずごちた凛の様子から、かなり苦戦していることが伝わってくる。

まあ、これぱっかりは太一にもどうしようもない。

別に欲しかった才能ではないのだ。

この世界に召喚されなければ、生涯知ることのない才能だったのは間違いない。

それに、苦戦してはいるものの、新たな難題を手にしたことを悔やんでいるようには見えなかった。

自分で望んで得た限界突破。

訓練がまだ実を結んでいないことに苦しんではいるものの、望み通り手に入ったこと自体は喜んでいるようだ。

後でこっそりとウンディーネに聞いてみたところ、精霊魔術師としての力を扱えるかどうかは、魔力の運用次第。それさえできれば、思うままに精霊魔術を使えるとのことだった。

それは翻(ひるがえ)って、太一にできることはない、ということ。

いや、ないというのは間違いだ。

凛のそばにいるアヴァランティナ、ミューラの精霊ミドガルズ、レミーアの精霊ブリージアとは簡単に言葉を交わしている。

彼ら彼女らの言葉を太一が通訳することは可能だ。

しかし、それは最終手段、今はその時ではないとウンディーネ。

太一が仲立ちして使えるようになったとして、太一がそばにいなければ使えない、という結果に落ち着いてしまっては、せっかく目覚めた才能が無駄になってしまう。

太一に頼らぬために希望した限界突破なのに、太一が使いこなす鍵になってしまっては意味がない。

じっくりと訓練すべき所を、突貫工事でやって来たためまだ最初期段階。今は楽をすべきではない。魔術師としても駆け出しならば一考の余地はあるが、大成している三人だからこそ、なおさら。

ウンディーネ曰く、いつもの戦闘では勝てない相手に通用する切り札を手に入れた状態だという。

ハイパワーではあるが魔力も大量に消費するため、万全の状態でせいぜい二発から三発、との見立てだった。

（ともあれ、今の状態でも、かつてあなたたちが対峙したツインヘッドドラゴンにもダメージは与えられると思いますよ。ツインヘッドドラゴンが油断していれば仕留めることもできるやもしれませんね）

それはすごい。

全開で魔力強化してまったく刃が立たず、当時エアリィだったシルフィと契約したことでようやく退けた相手なのだ。

まあ、今の訓練の進捗（しんちょく）状態では、精霊魔術の予兆を感じた瞬間にツインヘッドドラゴンから油断がなくなるため仕留めるにはいたらないだろう。ただ、出力だけを言うなら仕留められるというのだ。

ともあれ、それを二、三発撃ったら後はおしまい、という状態は、何より当人たちが一番脱却したいと思っているのは間違いない。

それゆえの魔力操作の訓練。

精霊魔術の習熟について、一番進んでいるのがレミーアというのも納得だ。

他のことを一切考えずに集中している凛とミューラに対し、他のことと並行で行えるレミーア。魔力操作の技術の差が顕著に現れている。

「む……やはり、警戒されているようだな」

考え事をしながらレミーアと会話していると、ずいぶんと島まで近づいていた。

島の海岸線には武装したマーマンとマーメイドが並んでいる。

古竜曰く、人間と接しないで済むよう、極寒の秘境に居を構えているのだとか。

マーマンは力が強く、水の魔術では他の追随を許さない亜人。

立ち姿は四足歩行で人間のようだが、全身に魚の特徴が出ている。顔も人間らしさが多少あるものの、ほとんど魚と言っていい。

過去にはその力を狙った為政者が奴隷にするために幾人ものマーマンをさらったのだとか。

またマーメイドは男女ともに美しい外見をしており、異性を惑わす歌と水流操作という特殊能力、水の中でしか生きられないが反面泳ぎに関してはマーマン以上の力を持っている。

その美しさから、マーマンとは違う理由で奴隷狩りの憂き目に遭った過去を持っている。

ゆえに人がまず近寄らないこの島に居を構えているのだろうし、人間の船が近づくことに警戒するのは仕方ない。

「そこの船と蛮人どもよ！　それ以上接近した場合撃沈すべく攻撃を仕掛ける！　冷たい海に叩き込まれたくなくば今すぐ引き返せ！」

マーマンからの警告は、まだ距離があるというのに明瞭に聞こえた。

確かに姿が見えるほどまで近づいてはいるが、それでもただの大声が届くような距離ではない。

何らかの魔術を行使しているのだろう。海の種族だが、水属性だけではあるまい。

「古竜殿から聞いていた通り、警戒されたな」

船団を指揮するのは、側仕えにかしづかれながらこちらに現れたイルージア。

リヴァイアサンとティアマトの眷属に手を出したということは、即ちシカトリス皇国に手を出したのと同じこと。

現地に赴き指揮を執るのは当然と譲らず、結局ここまでの遠征軍を率いてきた。

イルージアは即座に判断を下す。

当然ながら、こちらにマーマン、マーメイドと事を構えるつもりはない。

というより、そんな暇は存在しない。

これから一大作戦が開始されるというのに、彼らとまで敵対し、二つの勢力を同時に相手取る余裕はない。

余裕があれば、国として決断ができるイルージアがいるのだ、交流を結ぶことも考えられた。

しかし現状はそれも後回しだ。交流するにしてもこの件が無事片付いてからである。

事前に示し合わせた通り、彼らとの対話を行う者は決まっていた。

少々力業だが、シカトリス皇国側も手段は選んでいられないのである。

「では、手はず通りに頼む」

『心得た』

ずざざざ、と海面が盛り上がる。

リヴァイアサンとティアマトが顔を出した。

海の王と、そのつがい。

当然ながら、北の海を支配する二頭の竜のことは、マーマンもマーメイドも知っていた。その威容にたじろぐ。

「へえ、すげぇ。パニックになってないな」

「そうだな。かの竜相手ならば、取り乱して逃げ帰っても誰も責めはできまいがな」

何せ海の王だ。存在の次元が違う。

逃げ帰っていったい誰が責められよう。

しかしマーマンとマーメイドは驚きおののいてはいるものの、誰一人として逃げ出しはしなかったのだ。

『その意気、見事。海の民たちよ、この船の者らは、そなたらを害するために訪れたわけではないことを、我の名において保証するのである』

「……そう、なのですか？」

『うむ。用があるのは、この島で我が眷属に手を出している不届き者である』

「そのような不敬な真似をする者は、我らにはおりませぬ！」

『分かっているのである。この島に潜んでいる者どもがいるのだ』

「なんと、そのような……」

マーメイドもマーマンも知らないようだ。

つまり、この島に巣くう者たちは、彼らに手を出していないということ。それがどんな理由かは分からないが。

まあ大方、一度手を出せば敵対することになるのは間違いなく、それで紛争が起きれば派手な戦いになる。

ひっそりと潜伏したい彼らにとっては、そのような派手な催しは避けたいところだったのだろう。

その判断は正解である。何せマーマンとマーメイドはリヴァイアサン相手に逃げ出さない勇敢な者たち。

そんな彼らに手を出せば、間違いなく全面的に対立することになっていただろうから。

『その不届き者らとの対決になる。この島全体が戦場になる可能性も低くはない。敵を排除し終われば我らは去るゆえ、悪いことは言わぬ、戦えぬ者を連れて遠くに避難しておくのである』

「……」

即座には決めかねているようで、明確な返事はない。

『……逃げぬのも自由であるが、戦闘になった際、そなたらの安全に配慮はしきれぬ。我もティアマトも、全力を出すこともあろうしな』

「わ、分かりました……！　避難することにいたします！」

『うむ。速やかにな。いつ戦闘が始まるか分からぬと心得るのである』

「は、はい！」

マーメイドとマーマンが慌ただしく去って行く。

『イルージアよ、これで良いな？』

「十分だとも。助かった」

『なんのこれしき、どうということもない』

イルージアのことは、竜の威を借る矮小な人間に見えることだろう。

しかしその程度で不要な被害が抑えられるのならばためらう理由はない。

「では、マーメイドおよびマーマンの退避が終わり次第、作戦を決行する。各自配置につき戦闘態勢に入れ」

「はっ！」

イルージアの命令に、兵士たちが慌ただしく動き始める。

マーメイドおよびマーマンの避難完了直後、島への上陸はつつがなく終了した。
ほとんどの人員はイルージアおよび船を守護するためであり、実際に敵地に乗り込んで

戦うのは少数だ。

イルージアの前に整然と並ぶのはおよそ三〇人の騎士たち。

彼らが突入する部隊。

騎士の中でも指折りの実力者たちでかためられている。

もちろん、イルージアを守る守護兵たちも実力者揃いだ。

「全ての用意が完了いたしました」

「ご苦労」

出立する部隊の隊長が、騎士団長に報告する。

「陛下。出立の準備、および防衛兵の配置が完了いたしました」

「うむ」

騎士団長から出立の準備完了が告げられ、イルージアはひとつうなずいた。

イルージアから命じられているのは、太一たちのバックアップと露払いである。

騎士たちは主力ではない。

それは、太一がキメラと戦ったという情報を得た瞬間に決めたことだった。

レミーア、そしてスミェーラが勝てない相手となれば、いくら数を集めてぶつけたところで無駄な死者を増やすだけになってしまう。

報告を聞いた時点では、勝てるのは太一だけだった。

海底神殿から精霊魔術師となった凛、ミューラ、レミーアならば倒せるだろうという太一の見解だが、それでも四人だけだ。

敵地にはキメラがある程度の数用意されていると考えられる。

となると、それらにぶつけられるのは太一たちだけになってしまうのだ。

「よし。ではそなたらに任せる。行くが良い」

「はっ！」

一糸乱れぬ返事と敬礼。

さすがに大国のエリートといえる。

即座に作戦行動に移り移動を開始した。別段急いでいるわけでもないのに、その移動速度はかなり速い。さすがに鍛えられている。

そんな彼らの背中を目で追いかけ、視線を元に戻す。

イルージアが、太一たちのもとにやってきていた。

「では手はず通り、お前たちはお前たちで動いてくれ」

これは最初から決まっていた。

戦闘力が違えば、戦う相手も違うし、戦い方も違う。

騎士たちと作戦行動を共にはできない。

それは太一たちもそうだし、騎士団側も同様に認めたことだ。

両者の意見を聞いたイルージアは、ならばそれぞれがすべきことをすれば良いと、別行動を承認したのだった。

大事なのは国として騎士団が指揮を執ることではない。

リヴァイアサンとティアマトの眷属を救い出し、敵拠点を壊滅させることなのだ。

それに、仕事に見合った報酬さえ手に入れれば、ここでの手柄による名誉は不要。体面的に内外に知らしめるために名誉と手柄が必要な国家と違い、身分としてはただの冒険者なので身軽なのである。

国という公的身分が必要な場面は騎士に任せ、太一たちは大物を狙う。

それがこの作戦での役割分担だ。

「承知しました。では、さっそく行ってまいります」

「うむ。吉報を期待しておる」

代表してレミーアが答え、太一たちは一直線に山へ向かって走り出した。

敵の本拠地の入り口、その場所は既に分かっている。

この島までは船で数日という時間を要した。

その間、ぼんやりと遊んでいたわけではない。

情報の共有や認識のすりあわせ、作戦立案が行われたのだ。

太一たちは素早く拠点に突入、強大な敵性体の排除。

しかる後に騎士団が拠点に攻め入り、殲滅戦闘を行う。

ざっくりと段取りを説明するならこのような感じだ。

四人でスムーズに走りながら山の麓まで到着。

岩山を見上げる。

「……おかしいね」

ぽつりと、凛がつぶやいた。

何に対しておかしいと言っているのか、もちろん理解している。

「そうね。妨害もなければ、監視されているわけでもないわ」

「まるで、誘い込まれてるみたいだ」

すんなりとここまで来られてしまった。

ここは敵の本拠地である。

マーマンとマーメイドも住処としていたが、彼らが排除されなかった理由は分かる。

人が近寄らないこんな島に隠れ潜むくらいなのだ、目立ちたいわけがない。

特に一度古竜に見つかり拠点を移している彼らだ。

マーマン、マーメイドと揉めて争いになれば、ある程度派手な戦いになることは必定。

太一たちから見ても、マーマンとマーメイドの戦士たちは強かった。上から抑え込むにはよほどの実力差がなければ難しいものだ。

凛とミューラであれば、精霊魔術師になる前でも勝つことはきっと出来ただろう。しかし、圧倒して黙らせるにはそれなりに戦う必要がある。

そんな派手な戦闘をすれば、古竜に見つかってしまうのは間違いない。

よって敵対しないようにしたのだろう。

しかし今は攻め込まれている状態だ。

「隠れ家を攻め込まれたならどうする？」

主語も何もない、レミーアの問い。

「防衛ラインの構築かな」

「敵がどう動いているのか偵察を出します」

「場合によっては、積極的に打って出て防衛します」

太一、ミューラ、凛の順である。

「そうだ。それらのいずれも見えない。どうやら、敵はこちらが入り込むのを望んでいるようだな」

素通りさせるということは、そういうことなのだろう。

そして。

「猛獣の口に自ら飛び込むわけか……」

罠(わな)がないわけがないのだ。

あって当然。

どうしても守らなければならない拠点の防衛戦にて敵を内側に誘い込むのならば、殺意の高い悪辣な罠や戦術も当然だ。誰だってそうする。太一だってそうする。

「そうなるわね」

「防衛ラインを構築されてても厄介だけど、こうも干渉されないのと逆に不安になるね」

いっそセオリー通りに待ち構えてくれていれば心構えが出来て良かったかもしれない。

セオリーと違うと、こうも心を乱される。

「しかしまあ、せっかく消耗なしで素通りさせてくれるというのだ。甘えるとしようじゃないか」

その考え方もまた正しい。

敵の本拠地内に侵入する前に戦闘があるものだと思っていた。

それがないとなると、デメリットとして先述した罠や戦術への警戒が必要になるが、メリットとして消耗なしで攻め込めるというのがある。

防衛線を構築すればそれに人手が割かれ、内部での罠などへ対応出来る者が減るのは当たり前の話だった。

守り手の立場に立てば、城壁に囲まれた大きな街を守るならばまだしも、敵の拠点はあくまでも隠れ家でしかない。籠城などには不向きだ。

セオリーというのは適切に基礎として使用すれば効果的であることが実証され続けてきたからこそセオリーなのであり、奇策というのは一見聞こえは良いが、うまく機能しなかった場合は普通に負けるよりもはるかに被害も大きい。

「そうですね。そもそも、隠れようのない船でやってきたのに攻撃のひとつもされなかったわけですし、言われてみれば今更ですね」

島に近づくにつれ、遠距離からの砲撃のようなものがあってしかるべきだと、乗組員全員で警戒していたが、結局魔術の一発も飛んでこなかった。

攻撃されて当たり前だと思って警戒していたからこそ、拍子抜けしたことを思い出した凛である。

「そうと決まれば、あまりお待たせするのもよくありませんね。さっそく行くとしましょう」

警戒していたのも既に過去のこと。

腹を決めたのか、ミューラは不敵な笑みを浮かべている。

「そうさな。では行くとしようか」

歩き出す三人。

女性というのは本当にたくましいな、と、彼女たちの後ろを歩きながら太一は思った。

この程度の山など、強化ができる四人にとってはたいした障害になり得ない。

強化なしで登れと言われれば辛かったのは間違いなかろうが。

程なくして、敵拠点の入り口と思われる洞窟にたどり着いた。

山頂にほど近いところに口を開けている洞窟。それが敵の隠れ家への唯一の入り口だという。

古竜が調べた結果、他に入り口は見当たらなかったとのこと。

脱出用の出入り口があるかもしれないが、そこまでは見つけられなかったらしい。

まあ、そういったものは基本的に念入りに隠されていることだろうし、仕方のないことだ。

長く生きてきた古竜。

様々なものを見てきて、人間の建築物にも造詣が深いが、あくまでも美術的、芸術的な装飾についてだ。城内などのギミックについては興味を持たなかったので詳しくは知らないのだという。

それならば仕方がない。

「出たとこ勝負になっちまうのはしょうがないけどな」

そんなのは散々慣れ親しんできたので珍しいことではない。

「うむ。さあ、突入だ」

彼女たちの方が先に歩いているので、太一は彼女たちの前に立ち回り込んだ。

罠(わな)の解除は得意中の得意というミィの力も借りて、先に行くことに決めたのだ。

洞窟は、これといって怪しくは見えなかった。

基本的に暗く不気味だが、それはどこの洞窟も同じである。むしろ多少なりとも灯りがあって人の手が入っていることが明確に分かる分、不気味さが薄れているくらいだ。

入り口から見た限りでは特に何かがあるわけでもない。

逡巡(しゅんじゅん)は一瞬。

突発的な危険に対処するため、太一を先頭に進んでいく。

罠などがあれば、ミィが一発で見抜いてくれる。

自然に出来た洞窟を利用したらしいこのアジトならば、まさにミィの独壇場だ。

仮にこの世界由来でない術によって仕掛けられた罠だったとしても、土や石、岩に何かを仕込まれていれば見るまでもなく分かるとのこと。

竜にかけられた呪いだって、解呪こそできなかったものの見抜けたのだ。

自分のフィールドにあるものを見つけられないわけがないと納得がいく。

そして敵の気配については、相変わらずシルフィの索敵が優秀だ。

ずんずんと進んでいく。

まるで罠も敵も警戒していないかのような太一の足取りだが、事実その通りだ。

この洞窟は天然のため曲がりくねってはいるが分岐などはなく一本道。

そしてその一本道には罠も敵もいないという結果が出ている。

警戒する必要がないのなら、どんどんと先に進んでしまえばいい。

洞窟は微妙に下り坂になっており、その先には大きな広間があるという。

そして、そこには一人、待ち構えているのだとか。

「待つのは一人、だと？」

船団の接近に気付いていないはずがない。

リヴァイアサンとティアマトの姿も見せた。

マーメイドとマーマンの説得のために顔を出した体だが、実際はその姿を見せることで相手がどんな反応を見せるかの威力偵察の側面が強い。

実際は無反応であったが。

ただ、あの威容とプレッシャーに気付かぬ者などいないはずだ。

その上で一人というのは解せないが、疑問はすぐに氷解した。

シルフィから報せの続きを聞いた太一の表情が厳しいものになる。

「……どうやら、シルフィの探知に気付いているらしい」

「……！」

太一の精霊に対処出来る者など、そう存在しない。

「それはなかなかだな」

「ああ……俺が前に出る。皆は自分の身を守ることに注力してくれ」

余裕そうに言うレミーアだが、背中に冷や汗が出るのは避けられない。

凛とミューラはやや顔がこわばっている。

無理もない。

シルフィの探知など、精霊魔術師になった今でもさっぱり分からない。

それを分かる相手となれば、間違いなく自分たちでは及ばない相手だ。

「そうだな。それが一番良かろう」

シルフィの探知に気付く。

その事実だけで雰囲気が重くなり、それ以降は会話がないまま進むことになった。

長いのか短いのか。

気付けば一本道の終わりが来た。

太一だけではなく、凛、ミューラ、レミーアにも見えている。

足を止める。

太一は振り返り、三人を見た。

ここから先、どうなるかさっぱり予想がつかない。

進んで良いか。

その心の準備ができているかの確認である。

普通に考えたら、太一だけ先に進む方がいいのだろう。

だが、太一はそれを言い出さなかった。

ここで三人を置いて太一だけ進むのも、何となく嫌な予感がしているのだ。

三人がそれぞれうなずいたのを見て、太一は再び歩き出す。

ほどなくして、洞窟の通路が終わり、開けた広間に到着した。

そこは相当に広い場所だ。

机や椅子が置かれている区画に、いくつもの木箱が積み上がっている区画、よく分からない物が乱雑に置かれている区画、武器が置かれている区画と、雑多な印象があるが、スペースがかなりあまっているのでそれでも広く感じる。

その広間の中心に、仮面をかぶった人物が一人、立っている。

（あいつが、シルフィの探知に気付いたやつか……）

これまで気付かれたことは一度もない。

アルガティを追う際にも使っていたが、気付いていたかは分からない。

何せ向こうの探知範囲が相当広く、超遠距離からの正確な狙撃を受けたことから、アルガティの方が先に太一の居場所を把握していた。

その後、攻撃が飛んできた方角にあたりをつけてから、正確な居場所を探るために探知を行ったのだ。

つまりアルガティが先、太一が後という形である。

あの時のことを思い返せば、シルフィの探知に気付いているかどうかは関係なかった。

「来たか」

ノイズがかかっている声が届いた。

なので若いのか老いているのか、その年齢を推測することはできない。

ただ、その身体の線から、男であることだけは分かった。

相手がどんな目的で一人でいるのかは分からない。

なので返事をせず、後ろの三人をかばうように前に出る太一。

それを見て、仮面の男は肩をすくめた。

「心配するなよ。後ろの三人に手は出さない……」

男はすっと手を上げ、指を差す。

そう、太一を。

「オレが用があるのはお前だ」

「俺か」

シルフィの探知に気付いたこともあり、無意識に厳しい表情になってしまう太一。

そんな太一の表情がお気に召したのか、くつくつと笑い出す仮面の男。

「オレはお前と戦えればそれ以外に興味はない。そう、お前と戦えさえすれば……」

そのセリフの、後半。

えも言われぬ負の感情を感じ取り、太一は思わず眉をひそめた。

それは太一がかばう三人にも伝わったのか、一様に顔をしかめている。

「俺はお前と会うのは初めてのはずだぞ」

このような人物に会った記憶はない。

太一はそう考え、それをそのまま口に出した。

「くっく……はっはっは。それもそうか、そうだ、そうだな」

仮面の男はさらに愉快そうに笑う。

そこで笑う理由がまったく分からず、太一は怪訝そうな表情を浮かべるしかない。

「なんだ……？　会ったことがあるのか？」

「オレと戦え。全力を出せるよう場所を移してもいいぞ」

太一の質問をばっさりガン無視して、仮面の男は一方的に要望を伝えた。

「その方が、お前にも都合がいいだろう？」

ガン無視されてむっとはするものの、仮面の男の申し出は渡りに船だった。

シルフィの探知に気付くような相手と、この場所で戦闘に突入するなどぞっとしない話である。

間違いなく仮面の男は後ろの三人のことを言っているのだから。

「……分かった。後ろの洞窟を通って外に出るぞ。お前が先に行け。後ろを俺が歩く」

「なんだ、信用してくれないのか。オレは悲しいぞ」

と、わざとらしく嘆いてみせる仮面の男に、太一は醒めた目を向けるのみ。

仮面の男はつまらなそうに首を左右に振り、それ以上は言葉を重ねずに歩き出す。

それを見て太一は全力で自己強化した。

仮面の男が怪しい動きを見せても、シルフィのスピードとミィのパワーで対処ができるように。

凛、ミューラ、レミーアは素早くその場から避ける。

二歩後ろを、太一がぴったりとついていく。

太一と仮面の男は、そのまま歩いて広間を出て行った。

太一と仮面の男の姿はすっかり見えなくなり、気配も感知できる範囲からはなくなっ

た。

「……行ったな」

自分たちが歩いてきた洞窟の先を見つめながら、レミーアはぽつりとつぶやいた。

精霊魔術師になったことで、実力が上がり強くなった自覚はある。

その自覚が出て、分かるようになったことがある。

それは、例えば仮面の男の強さだ。

これまでの自分たちでは、太一との距離は分からなかった。理由はシンプル。距離が離れすぎていて分からなかったのだ。

精霊魔術師になってみて、どれだけ離れているかが何となく見えるようになった。

はっきり分かったことは利点ではあるが、弊害のような物も、つい先程理解した。

「本当に、強かったわね……」

そう、太一の領域の存在が敵だった場合だ。

具体的に敵の強さが分かるイコール、具体的な脅威として認識に突き刺さるということ。

これまでは、脅威は脅威だが漠然としていた。とても強いことは分かる。勝てないことも分かる。だから恐ろしい。そんな感じだった。

しかし先程の仮面の男。その脅威は強い恐怖として三人を貫いた。

「これも、我々が成長したからだな」

漠然としか分からなかったことが、明確に分かるようになる。

しかも悪いニュースばかりではない。

現在は精霊魔術師としての力をほぼ使いこなせていない状態。

これがどんどん練熟していくのに比例して実力も更に上がっていくと言われているのだ。

今はまだ、太一と仮面の男の戦闘から身を守るのは不可能に近い。

しかし、自分たちにはまだまだ伸びしろがある。

実力が上がった先では、もしかしたら身を守るだけならできるようになるかもしれない。

そうなれば、凛、ミューラ、レミーアの存在が太一の枷(かせ)ではなくなるのだ。

そして当然ながら、そうなれるように限界突破をしたのだから。

「……」

自分たちの努力次第で、良い未来が訪れる可能性がある。

そのことは、恐怖した心の清涼剤になった。

そんな中。

凛は、一人思考に埋没していた。

太一と、仮面の男。

二人連れだって、戦うために場所を移した。

仮面の男とすれ違う瞬間、なぜか視線を感じたのだ。

気のせいのようにも思えるのだが、視線を感じた、と思わせるような違和感はどう考えても拭えない。

太一が初対面と称したように、凛もあのような人物と顔を合わせたことはなかった。

なのに視線を感じたのはなぜなのか。

ミューラとレミーアの様子を見ていると、視線を感じたと思ったのは、違和感を感じたのは凛だけなのは間違いない。

果たしてどういうことなのか。

「……」

考えても分からない。ただ、喉に刺さった魚の小骨のような、気持ち悪さだけがあった。

推測すら出来ない程度には情報がない。

いくら気にしたところで答えは出なかった。

これ以上考えても仕方ないと思い直す。

太一は、強敵を引き受けてこの場を去った。あの場では仕方ない。あそこで二人が戦うことになれば、まず無事では済まなかったのは間違いない。業腹だが、仮面の男の言う通りこちらにとっても渡りに船だった。

この場所は凛たち三人に委ねられたのだ。

「じゃあ、ここから先は私たちが気張る番ですね」

努めて明るく、凛は言った。

仮面の男について、凛たちにできることはない。

「そうだな。先に進むとしよう。私たちに出来ることをせねばな」

キメラがいる可能性が高い。

太一が戦ったキメラは、彼の体感ではレッドオーガ以上だというが、それに匹敵するような個体がいるかもしれない。

そうでなくとも、これまでであればキメラというだけで戦闘することすらあきらめなければならなかっただろう。

しかし今はそうではない。

精霊魔術の火力を見た太一は、今の未熟な状態であっても直撃させられれば十分倒しうるだろうと言った。

実際に戦った本人がそう言うのならば間違いはあるまい。

太一のそのあたりの感覚は結構アテになるのだ。

「せっかくです。あたしたちも、実戦で経験を積む良い機会にしないとですね」

そう、倒せるだろうことは分かっている。後は使い方次第なのだ。

その辺りは、これまでの経験値がものを言う。

積み上げたものは、たとえ自分たちが何者に変化しようともなくなるわけではないのだから。

「このあたりでいいだろ！」

仮面の男から声が飛ぶ。

空を飛んでいた二人であるが、仮面の男が上空で停止したことで、太一もまた仕方なく止まった。

島は既に、水平線の向こうに消え去っている。

できれば余波に巻き込まないよう、保険としてもう少し離れておきたかったところだが、仮面の男はこれ以上進むつもりはないようだ。

仕方ない、ここで開戦となるだろう。

当たり前のように空を飛んできたが、驚かない。

シルフィの探知に気付くくらいなのだから、空を飛ぶ程度のことはして当たり前だと納得できた。

逆にそれくらいのことが出来なければ、探知に気付くことなどできはしまい。

そう言う意味では、太一は仮面の男の実力に一定以上の信頼を置いていた。

「……分かった」

「全力を出し切れない、オレとの戦いに集中できない、そんなお前と戦う意味はないってのももちろんあるが……」

仮面の男はそこでいったん言葉を切る。

「あの場所で戦いたくないってお前の希望をくんでやったし、ある程度距離も取ってやった。けどな、どこまでもくんでもらえると思うなよ」

「ごもっともだ」

凛たちやイルージアらを巻き込みたくはない。そういう思いで距離を取った。

現状、太一としては仮面の男の気が変わって島に近づこうとされる方が厄介だ。

むしろ、ここまで離れられたことを良しとすべきだろう。

島から移動した距離はやや物足りなくも思うが、過度な高望みは逆に事態を悪化させる。出来れば合格点を目指すが、基本及第点でいい。

心配の種をひとつ減らすことができたと思うことにする。まあ、とはいえ同程度の大きさの心配の種は残っているのだが、こちらは太一が解決していいものではない。そう、キメラとの戦いに、凛、ミューラ、レミーアを送り出したことだ。

ただし、これについては太一がどうこうといえる筋合いではない。過去、何度も心配させているのだから。既に己は傲慢である、という結論が出てから、考え方を変えようと決意した。これ以上は努めて考えないようにする。

それよりも、目の前の相手だ。他に気を取られて良い相手ではない。

戦闘態勢に入ったと見せるために、魔力を高めて腰を落とす。その姿は空を飛んでいるとは思えないほどにがっしりとした頑丈な土台を思わせるものだった。

なお、剣は持ってきてはいるが抜かない。召喚術師としての力をフルに生かして戦うべき相手に、手持ちの武器では足しにはならないからだ。

太一の戦闘準備が完了したことで、仮面の男は「くは」と満足げに笑い、構える。

「分かった、ここでいい。ただし、やる前に聞きたいことがある」

「なんだよ？」

ぶつかる直前、太一は質問を投げつける。

「なんで、俺と戦いたいんだ？」

考えた末、こう聞くことにした。

他にもいくつかの質問はあった。

お前は誰だ？

俺に会ったことあるのか？

何で俺を知っている？

などだ。

けれども、それらを聞いてもはぐらかされるのがオチだと考えたのだ。

それより気になったのは、仮面の男が太一に向けた負の感情。

十中八九、その感情が太一と戦いたいという気持ちの原動力だろう。

実際にはどんな感情なのか。それを聞いてみたいと、太一は思ったのだった。

「なんで？　お前がムカつくからに決まってんだろうよ」

なんでムカつくのか。

初対面のはずなのに自分が一体何をしたというのか。

仮面の男のリアクションを聞いて新たな疑問が浮かんだが、それを尋ねるのはあきらめる。

彼の方もすっかり準備は万端なのか、魔力が一瞬にして高まったのだ。

「そうか……分かった」

具体的な理由までは分からなかった。

それにこれ以上の質問重ねは危険だろう。

ならば、これを最後にするとしよう。この程度は軽口の類だから問題あるまい。

「最後にひとつだ。仮面じゃ不便だから名前を教えろよ」

「はっは！　オレをぶっ飛ばせたら考えてやるぜ！」

「その言葉、忘れるなよ！」

もうこれ以上の言葉は不要だ。

これ以上語ることはない。それを示すがごとく、太一は自分から仮面の男に殴りかかる。

シルフィのスピードとミィの攻撃力を乗せた一撃だ。

仮面の男はまったく慌てることも騒ぐこともなく、太一の拳の一撃を迎撃した。

太一と別れてから、進み始めて数分。

再び洞窟の一本道が途切れた。

行く手の先には再び広間。

先程仮面の男が立っていた場所よりも更に広い。

凛たちは顔を見合わせ、目で意思疎通を行う。

そして全員の準備ができていることを確認した三人は、そのまま足を進めて広間に突入するのだった。

こちらは先程の広間とは違って綺麗に片付いている。

いくつかある机、書類が入っているらしい棚など。

物はそれなりに置いてあるが、きちんと整頓されているため、十分な面積が確保されていた。

奥では敵の術師らしき者らが待ち構えている。

「来たわね」

忌々(いまいま)しげな女の声。

六名の術師たちと、その後方に控える中年の女。

術師たちと比較しても一段から二段は金のかかった装いをしている。

断定はできないがこの場所の責任者と思われる。

「……召喚術師はいないようね？」

「ああ、先程、仮面を被った男と共に出かけていったよ」

「そう……」

それだけ聞ければいい。とばかりに口を閉ざす。

ならばと、今度はレミーアが口を開いた。

「お前が、ここの責任者だな」

「そうよ」

「ということは、呪いもキメラも、あんたたちがやったということね？」

「目上への口の利き方を弁えなさい、エルフの小娘が……！」

中年の女はぎりりと歯ぎしりをした。

「お前たちが邪魔をしたから、私たちの研究は頓挫を免れないところまで来てしまったわ！　どうしてくれるのよ！」

もうこれで確定だ。

この連中が、リヴァイアサンとティアマトの眷属に呪いを施し、キメラを生み出した元凶ということだ。

悪感情をぶつけられる凛たち三人だが、そんなものは堪えない。

むしろそれは凛たちも同様だ。

生き物を操る術は、アルティアには存在しない。

つまりこの世界ではない者たちということだろう。

セルティアという別世界からやってきて、この世界で好き勝手にしたあげく、恐らくは自分たちの動きを邪魔したからと憤っているのだ。

「……そんな道理が通るわけないのにね」

そこまで考え、ぽつりと凛がつぶやいた。

ふと発せられた言葉に、ミューラとレミーアが凛を横目で見る。

そのまま更に言葉を紡ごうかと考えた凛だが、思い直して杖を構える。

もはや交わす言葉はなし。

交戦の意思表示。

相手を打倒するのみだ。

そのために限界を超えた。

この戦場にはキメラがいる。

本来なら太一に任せるべきこの場所に、来られるまでになったのだ。

この相手とは、対話では解決しないことは少し話しただけで理解出来た。

そもそもやっていたこと自体が不穏なのだから仕方がない。

向こうが悪で自分たちが正しい、そんなことを言うつもりはない。しかし、見過ごせないことには変わりない。

凛が構えたことで、相手もにわかに戦意が上がっていく。

分かり合えない以上、どちらかが排除されるほかないのだ。

「じゃあ、始めよう。私たちはあなたたちを排除する！」

「たかが魔術師に何ができる！　貴様らがここに来たことは無謀であったと教えてあげる

わ！　召喚術師に任せるべきだったとね！」

当然の話だが、凛たちが精霊魔術師になったことは知らないようだ。

もちろん、教えてやる義理はない。

このままここを掃討（そうとう）する。

ただそれだけだ。

第七十八話　北海の騒動の結末

「全て起こしなさい！　可及的速やかにあの三人を潰すのよ！」

恐らくはキメラを出してくるのだろう。

呪具らしき何かを握りしめ、祈るような状態になった術者たち。彼ら彼女らを止めもしなければ妨害もしない。かなり必死そうに祈っていることから、キメラに対する術は負荷が相当強いのだろう。

この島に来る前に、レミーアから言われていたこと。

キメラについて、術師らを先に害するのは極力やめるように、と。

命令者がいないキメラは、よほど命令権がきちんとしていないと暴走する可能性がある。もはや敵味方無機物有機物の何もかもを関係なく、目の前にあるものを破壊し尽くす。加減を知らない暴走馬車のような状態らしい。

誰かの命令下にいるキメラと戦う方がまだやりやすいのだそうだ。

六名の術者だか研究者だかのうち、誰がどんな役目を負っているのかさっぱり分からない。

前述の理由もあいまって、まずは手を出さないことに決めていた。

ただし、とらわれる必要はないとも言われている。

レミーアの知識はあくまでも書物から得たもの。

キメラについて書かれている書物自体が希少で、かついずれも古いものだというのだ。

レミーアが危惧(きぐ)しているのは、記載されていた情報が古い、または間違っていること。

その論拠は、太一が相対した熊型のキメラの例があるからだ。その熊は近くに術者がおらず、完全なスタンドアローンだった。そのような事例については、書物のいずれにも記載がなかった。

そのことからも、例外が往々にして起こりえることが予想される。

(何事も鵜呑(うの)みは禁物、ってね)

確かにその通りだ。

その本が正しいと言うことを、もはや誰も担保しない、否、出来ない程度には過去のもの。

凛はミューラと目で会話する。

レミーアの情報は頭の片隅に入れつつも、自分で考え判断し行動。

それくらいのことができる経験値は、積んでいると自負するのだ。

強く大きい気配が三つ、この場所に接近してきているのを感じる。

術師らと中年の女の背後、このフロアの奥には明らかに人間には過剰な大きさの扉と、人間がくぐるための扉の二種類が設けられている。

フロアの奥には、複数の人間の気配がある。

そして、強大な気配はもちろん、大きな扉の方からだ。

近づいてくる三つの気配よりも更に大きな気配が奥の方に二つあってこちらに向かって動き始めているが、到着には今しばらく時間がかかるだろう。今は頭の片隅で把握しておけばいい。もっとも、そのうち一つの気配については、予想がついているのだが。

「……来るぞ」

空中にいくつもの銀糸がひらめき、巨大な扉がばらばらに切り裂かれた。

まず出てきたのは甲虫。角がありカブトムシに似ているが、前足には両刃の刃がついている。大きさは大体軽自動車くらいだろうか。

中ほどで折れるようになっていることから、おそらくはカマキリ型の魔物の鎌でもくっつけたのだろう。また、カブトムシにはないトンボの尾らしきものがついており、なぜか金属になっているようだった。

ともあれ、甲虫である。その防御力はきっと並外れたものだろう。

現れたキメラは当然それだけではない。

アナコンダよりもはるかに巨大な蛇(へび)の胴体に、凶暴そうな猿(さる)の頭。そして胴体の中ほどには二対の翼。これは鳥類のものではなくコウモリのものに似ている。

翼の大きさからして飛べそうにないが、当たり前のように空を飛ぶと思っておいた方がいい。

体表はなんらかの粘液に覆われている。刃も打撃もずらされてしまい通用しないのではないだろうか。

地球の物理法則や生態が通用しないことは既に分かっている。キメラは人工の魔物だから、それに輪をかけて、というところだろう。

そして最後、こちらはサイだ。

もちろんただのサイではない。鼻の上には特徴である角が生えているところは同じ。違うのは額にも二本の角が生えていること。その角はかなり長く、先端は鋭利だった。

表皮は相当硬質であることが見て取れる。ともすれば仮称カブトムシにも負けないほどだろう。

ところどころからねじくれた骨らしきものが不規則に突き出ていたり、尻尾は首から上の猛禽類になっている。鷹か鷲のどちらかだろうが、あいにく凛には見分けがつかなかった。

凛はそれぞれ仮称カブトムシ、仮称ヘビ、仮称サイと呼ぶことにした。別に正確である必要はない。特徴をとらえて見分けがつけばいいのだし、そもそもキメラに生態を問うこと自体不毛だと、実物を見て思ったのだ。

「ほんとに奇っ怪だね」

「ええ、気色悪いったらないわ」

「ついでに趣味も悪いときた」

「……何らかの特殊能力があると思った方がいいよね」

「そうね。見た目通りと先入観を持つと痛い目を見そうだわ」

「お前たちもくれぐれも注意するようにな。無論、それは私もだ」

ぼそぼそと小声でやり取りする。

その姿、威圧感、そして内包する魔力。

どれをとっても、これまでの自分たちでは死を前提にして時間稼ぎが出来たら合格点、といったところだろう。

こんなものを生み出せるとは、いったいどれほどの対価を支払っているのか想像もつかない。

「ふん。ただの人間にどうにかできはしないのは分かるようね。こざかしくも、命令者がいないと暴走することも知っているようだし……」

どうやらレミーアの仮説は正しかったようだ。

命令者がいるキメラについては、だが。

「まあいい、この場でみじめにひねり潰されてしまうがいいわ！」

キメラたちが戦闘態勢に入る。

倒せる。

相対した凛が最初に抱いた感想はそれだ。

精霊魔術を当てれば、恐らく仕留めることはそう難しくはない。

そう、当てられれば。

（素のままでやっても、多分当てられない……）

恐らくは、最大の身体強化魔術でも追いつくことは不可能だ。

ならば。

（精霊魔術による、身体強化……）

これもまた、使うことはできるが使いこなせていない。

強化した状態の動きにも、まだ慣れきっていない。

単純に、スペックが高すぎるのだ。

これまで以上に速く動き、これまで以上のパワーを出すだけならばできる。問題は、それを身体が制御しきれないこと。

当たり前のように「強化は一〇〇で」などと言いながら精密に動ける太一が、どれだけの制御を行っているか、戦慄を禁じ得ない。

(やらないと殺される、やるしかない！)

凛目がけて、仮称サイが迫ってきている。

ミューラには仮称ヘビが。

レミーアには仮称カブトムシが、それぞれ接近している。

おそらく、帯剣しているミューラに物理攻撃に強そうなヘビを、魔術師タイプの凛とレミーアにそれぞれ防御力と機動力が高い方を割り振ったのか。

妥当な振り分けだ。

そして、そうなることはこちら側も分かっていたこと。

それぞれの戦闘に巻き込まれないよう、三人は散開した。幸いこのフロアは広大なため、巨躯の敵を相手に立ち回っても余裕がある。キメラの能力を最大限に生かすため、動き回れるここを戦場に選んだのだろうが、凛たちにとっても都合が良かった。

(精霊魔術……身体強化！)

ぶわ、と身体から力があふれた。

額の二対の角を突き出し、串刺しにせんと迫るサイ。

素早く横に。

速い。

視力や思考能力の強化も行っているという太一にならっているが、それでも自分の動きに認識がついていくのがやっとである。

これが普段、太一が見ている光景なのか。

ともあれ、サイの初撃はみごとかわすことができた。

想定よりも大幅に距離を取ってしまったが、これで良しと思い直す。

ギリギリで回避した場合、身体の周囲に何かを発生させてくる可能性があった。

何もなければ笑い話だが、何かあった場合は笑えないのだから。

「な、なんだ今の動きは！　ありえない、普通の魔術師にあんな動き！」

中年の女がうろたえている。

初めて披露するのだ。当然のリアクションだろう。

まあ、今の凛に、それに反応する余裕はまったくないのだが。

（やっぱり、燃費最悪……！）

ただ一度移動しただけだと言うのに、魔力はごっそり持って行かれた。

体感的には最大値の一割いくかどうかというところだが、これだけの行動でここまで持って行かれていてはたまらない。強化魔術ならば、最大で行使しても一〇パーセント弱の消費で済み、一度の戦闘行為を乗り切れるほどだというのに。

精霊魔術で強化すると、都度使う必要がある。

すべては魔力操作の未熟ゆえ。甘んじて受け入れるしかない。

相手の動きを見切れる状態を維持しながら、一撃で仕留める。

敵の移動速度、想定される攻撃力から、凛はそう決意した。

『GYUOO!!』

低く濁った鳴き声。

突進を避けられたサイは憎々しげに鳴くと、額の角と鼻の角の間に帯電させはじめた。

更に、尾の猛禽類が嘴の端から火を漏らしている。

「……！」

予想通り、特殊能力を持っていた。

先程の突進、もしもギリギリで避けていたら、身体全体から不規則に突き出ている骨を使って電気をまとったかもしれない。

もしもそれが起きていたら、直撃を受けなかったというだけでダメージは免れなかった。

凛のそれはあくまでも予想だったが、実際には当たっていた。

皮肉にも、制御しきれない精霊魔術に救われたのだ。

(回避!!)

防御はできない。

意味がないというわけではない。

防ぎきることは可能だろう。

ただ、それには大量の魔力を持って行かれることが予想される。仕留めるために次の精霊魔術を放てばガス欠に陥ることが目に見えていた。

ならば、相対的に燃費が悪くとも、絶対的には消費量が少ない身体強化による回避を行った方が良かったのだ。

凛はそこから大げさに真横に移動する。

今し方凛が立っていたところを、放たれた電撃と火炎放射が通過していった。

見た目は特筆するようなものではないが、その攻撃に内包された魔力は桁違い。かすっただけでも、その部位を一瞬で消滅させられてしまうだろう。

だが、避けた。完全回避した。

次は、凛の番だ。

サイの身体能力は、自分が倒すべき敵としてはいまだかつてないもの。既に突進の速度と力強さで分かっている。

なれば、それを加味して、回避されないスピードかつ一撃で殺せる精霊魔術を撃つ必要がある。

（アヴァランティナ、お願い！）

改めて精霊に願うと。

（精霊魔術……）

左手で杖を持つ右手を支え、先端をサイに向ける。

『フリージングランス！』

杖の先に、直径一メートル、長さ五メートルの氷の槍が生み出され……次の瞬間には、サイの身体に突き刺さっていた。

それほどの勢いだというのに、氷の槍はサイを貫通せず、半ばまで完全に突き立っている。

あれは凛が望んだ結果。

サイを一撃で殺すという、絶対の意志をもって放ったがゆえ、アヴァランティナがそれに応えたのだ。

更に、氷の槍からすさまじい勢いで冷気が噴出され、サイは一瞬で完全に氷漬けになった。

ぴくりとも動かない。

微動だにしない。

『ブレイク！』

杖から左手を離し、グッと握る。

氷が、サイもろとも粉々に砕け散る。

「……倒せた……」

小さくつぶやき、握っていた左手を軽く開く。

明らかに格上。レッドオーガと比較してどうだろうか。ちらりと見た太一との戦闘を思い返せば、速度やパワーは及んでいないと断言できる。

これだけの強敵と戦った記憶はない。レッドオーガに及ばないからなんだと言うか。修行前の自分たちよりはるかに格上であったことは間違いないのだから。

レッドオーガに魔術を撃ったことはあるが、あんなものは戦闘とはいえない。ただからかわれただけである。

倒したという事実は、確かな自信となって凛に刻み込まれた。

「な……こんな馬鹿な……」

中年の女がうめく。

見れば、ミューラは既にヘビの首を斬り捨てており、レミーアはカブトムシを縦真っ二つに両断していた。

凛と同様、戦闘を長引かせずに速攻で仕留めるという判断をしたようだ。

ミューラの手には全体が金属で出来た剣。装飾もなく無骨であるためぱっと見はたいした剣に見えないが、ミドガルズが生み出したのならばその刃は折り紙付だったのだろう。

それこそ、ミューラの剣の腕前があれば、ぬめぬめとした表皮などものともしない切れ味で。

一方のレミーア。

壁や天井などカブトムシの鎌でついたらしい痕が無数に残っている。

その暴威を垣間見たレミーアが、風の刃を撃ち落としたに違いない。

「どうした、もう終わりか?」

あえて何でもなさそうに、レミーアが言う。

それなりに消耗はしているはずだが、それをおくびにも出さない。

「っ……貴様らに、なぜそのような力が……!」

自信をもって繰り出してきたのは分かった。

そしてそれを鎧袖一触(がいしゅういっしょく)でたたき伏せた。

目の前の現実はまったく想定していなかったのか、中年女はうめく。

ただし、凛たちの実力に驚いてこそいるものの……その顔に焦燥や怒りはなかった。

それはそうだろう。その理由はこちらも既に理解している。

ともあれ、外から見ればあっさりと倒したように見えるだろうが、こちらとしては割とギリギリだ。

圧倒的な馬力に振り回されながら敵を倒しているのだ。魔力にある程度の余裕はあっても、精神はかなり摩耗している。

ただ、それが外から分からないようにポーカーフェイスを貫いているだけだ。

「弾切れならば、次はお前たちの番だ」

レミーアは手を術者たちに向ける。

凛とミューラもそれにならった。

銃口を向けられているに等しいにもかかわらず、彼らは落ち着き払っていた。

「ふん、そううまくはいかないわ！」

いまだ自信を失っている様子はない。

中年女も、部下たちもだ。

部下の女の一人など、にやにやとした笑みを隠しもしない。

これからここで起こると思っていることに胸を躍らせてさえいるようだ。

切り払われた扉から続く通路。特に照明はないようで真っ暗だが、そこを進んでいる二体には関係ないのだろう。

やがて姿が見えた。

現われた二体のうち一体は、赤黒い毛皮の熊。

ただし当然ながらただの熊ではない。

後ろ足が二本で、凛がよく知る熊と変わらない。鋭い爪が生えた前腕は通常の位置に二本、その後ろから更に二本あり、四本とも金属の腕輪をはめているところが、まず凛が知る熊ではなかった。腕輪からは短い棘がついた短い鎖が取り付けてある。更に背中からは同じく真っ赤な山羊が生えていた。おまけにその尻尾はサソリの尾に変化している。

太一が言っていたキメラだ。

凛たちの間に緊張が走る。

確実にレッドオーガよりも強いと太一が言った相手。

レッドオーガがなぜ強いか。パワー、スピード、タフネスに優れていて分かりやすい強さ。そして、シンプルだからこそ無駄がなくて強かった。レッドオーガを評した太一の言葉である。

そしてこのキメラは、そのレッドオーガよりも身体能力が優れているということだ。

特徴が一致しており、同一個体に見える。

しかし太一は、同一の個体が出てくる可能性は限りなく低い、見てくれは同じでも、持っている能力が違うかもしれない、と言っていた。

その意見には完全に賛成だ。

なので、厄介な能力を多数持っている、という認識にとどめておくべきだろう。太一が戦ったキメラと同じ能力だけとは限らないのだから。

そしてもう一体。

こちらもまた、厄介な敵である。

そう、竜だ。

青い鱗の、四足歩行の竜。背中に翼は生えていないが、流線型で三本の指の間には水かきがついている。空は飛べないかわりに、水中と陸上が生活圏なのだろう。

まあ、海中をテリトリーにしているリヴァイアサンとティアマトの眷属なのだろうから、水中で動けること自体は不思議ではない。

相対して感じるのは、ツインヘッドドラゴンほどではないということ。

大きさ自体も路線バス程度であり、ツインヘッドドラゴンと比べれば雲泥の差だ。

竜としては最小クラスであり、実力も大きさ相応。が、かといってこのサイズでも人間が太刀打ちできるかと言われればＮＯだ。

人間などよりも一段階上の存在である竜。

いかに最小サイズであろうと、レッドオーガ程度では手も足も出させないくらいの強さを誇る。

知性を持つ竜であるが、目の前の竜の目は少々濁っている。

呪いの影響で思考力を奪われていると考えるのが妥当か。

リヴァイアサンとティアマトに呪いを通す中継基地のような役割であったというから、呪いがかなり浸透しているのだろう。

「貴様らは強い。認めましょう、我々の想定が甘かったことは」

けれど――と言いながら中年の女は顔をゆがませる。

それなりに整った顔をしているのだが、全能感に支配されているのか表情は醜く、正視にたえない。

「いくら貴様らでも、この二体相手ではどうにもできないはずよ」

確かに、そうかもしれない。

さすがにこの二頭を相手に戦い生き残れると確信は持てない。

勝つことなどなおさらだ。

それでも、緊張はしているが焦りはしていなかった。

緊張するなという方が無理だ。

自分たちが戦った敵としては過去最強だった先の三頭のキメラ。その最高記録が今あっさりと更新されんとしているのだ。

焦っていない理由は別にある。

『グアアアアアア‼』

来た。

大地を震わせるような轟音。

これほどの大音声を出せる存在は、この地には二頭しかいない。

そう、リヴァイアサンとティアマトである。

『ご苦労！　封呪印の陣から出したこと、褒めてつかわすのである！』

『さあ来なさい。暴れたいならば、我々が遊んでやろう！』

分厚いではきかない岩盤の向こうで発せられた声のはず。

だというのに、すぐそこにいるかのような威圧感。

これが海の王と、その伴侶か。

太一がいないことで相殺されない威圧感が、今はとても頼もしい。

竜は声がした方に顔を向けると、勢いよく突進して壁に激突。そのまま岩盤を掘り進んでいく。その勢いはすさまじいものがあり、あっという間にその背は穴の向こうに消えていってしまった。

「なっ!?　どこへ行くの!?　きちんと制御しなさい、あなたたち！」

「ダメです、制御がまるで効きません！」

中年の女と術師たちが慌てふためいている。

『愚かな。たかが人間の術が、海王の声を上回れるわけがないのである』

『長い長い時間をかけて根気よくやったからこそ、貴様らの呪いもかろうじて効いたのだからな。竜種への呪いを成功させたことは褒めてやろう。誇るがいい、この私に呪いを通せたことは、偉業であったとな』

青い竜の気配はすっかり遠ざかっており、それ以降はもはや声もしない。

「……くっ」

このレベルの威圧感には慣れていなかったのだろう。

足が震えてしまっていたのを恥をかかされたと思った女が、悔しげにうめく。

リヴァイアサンとティアマトを前にして萎縮するのは何も恥ずかしいことではない。

あれはただの人間とは文字通り次元が違う存在。

精霊魔術師になってなお、どうあっても倒すどころか傷ひとつつけられないビジョンしか見えないのだから。

これが友人ならば助言もしただろうが、そんなことを親切に教えてやる必要性は感じない相手だ。

それに、まだ熊のキメラが残っている。

二体から一体になって、ようやく戦って生き残り、勝利を拾えるかもしれないと思えるようになった。

勝率は低くはないが高くもない。良くて六分、悪ければ五分五分といったところか。

采配を、判断を、行動を——選択をひとつ間違えれば、命を落としてもまったく不思議ではない。

だからこそ、凛たちは今もなお一切警戒を解いていないのだから。

「……いなくなってしまったものは仕方ないわね。もはや私たちの再起は不可能。せめて、貴様らを一人でも道連れにしなければ気が済まないわ」

相手がリヴァイアサンとティアマトではどうしようもない。

割り切れてはいないようだが、まずは現状への対処を行うようにしたか。

呪いを解くためには竜に直接薬剤を服用させる必要がある。

しかし古竜が見たところによると、どうやら封呪印の陣にいるという。読んで字のごとく、陣の上にいる者の行動を封じる陣だ。

そこにいたままでは、呪いは解除されても動けない。

陣の解除も不可能ではないが、時間はかかってしまう。解呪直後は抵抗力も低下しているので、再度呪われれば身体に呪いが残ってしまう。

なので命令権を持つ者に動かしてもらうのが手っ取り早い。更に研究施設から引き離せれば、呪いの重ねがけのリスクも大幅に減らせる。

あとは呪われた竜をリヴァイアサンとティアマトが引き受ければ、凛たちの負担も減るだろうという寸法だった。初期計画ではここに太一もいる予定だったが、得体も底もしれない仮面の男の対処を引き受けることになったため、ここは凛、ミューラ、レミーアの三人で受け持つ分担に決まった。

敵方の奥の手の分断も無事終了した。

「リン、ミューラ。来るぞ」

「はい」

「分かりました」

小声で改めて気を引き締め直す。

こういう細かいことが大事だ。

「やれ、殺してしまえ！」

『Ｇｒｒｒａａａ!!』

咆哮。

先程のリヴァイアサン、ティアマトとどうしても比べてしまうため迫力不足に感じるが、実際はそんなことはない。十分に威圧感がある。

このあたり、凛たちも無自覚なまま感覚が麻痺しているのだ。

初手、熊のキメラ。

真っ赤な山羊が、炎を吐き出した。

放射状に広がる火炎放射。火力は高く、直撃を受ければ即死だろう。

「任せろ」

これを防ぐのはレミーア。

土の壁でも防げるし、氷で相殺も可能だ。

しかし土の壁では余熱は防げず、氷では水蒸気で視界がふさがれてしまう。

風のバリアで炎を散らし、空気の層で遮熱するのがいいだろうという判断だ。

炎攻撃が終わった瞬間、ミューラと凛が散開した。

凛は側面に回り込みながら思う。

初っぱなから殺意が高いな、と。

山羊の頭は毒霧を吐いてきたと太一は言ったはずだ。

予測していた通り、この熊のキメラは見た目だけ同一個体で中身は別物なのだ。

ただまあ、構造上、一部動きが似通うこともあるだろう。

例えばサソリの尾。

あれは毒針で刺すという動きが主になるのは間違いない。

甲殻に覆われているため、振り回す攻撃もあるかもしれないし、針先から毒を噴射してくるかもしれないが。

あとは風の刃攻撃と、追い詰められての自爆攻撃か。

こちらの個体は風の刃攻撃は持っているだろうか。別の能力になっているかもしれない。

山羊の頭は炎を吐いてきたが、属性に統一性がなくても問題はない。
「はっ！」
ミューラが精霊魔術で剣を生み出し、熊の背後を取ろうとしている。
もちろんそれに気付いている熊が振り返ろうとするが。
「やらせんよ」
直前で風の弾丸が熊の顔面付近で炸裂。目を閉じさせた。
精霊魔術だけあって威力の制御はできていないが、妨害自体は成功した。
弱すぎて意味を成さない、では、それこそ無意味なのだ。
妨害が失敗していれば、ミューラは危機的状況に陥っていたはずである。
それが想定される悪い状況だが、現在状況はこちら側にいい。
まずは一太刀。すれ違いざま、ミューラは熊の足の腱を狙って斬撃を放つ。
「……くっ」
確かに肉を切り裂いた感触が手に残る。
しかし硬い。
分厚い筋肉が刃の通りを阻害する。
もちろん毛皮も頑丈だ。
流血させることには成功したが、きちんと攻撃の機会を見極めないと、ろくなダメージにならないことが分かった。

「追撃はさせない」

通り過ぎたミューラを目で追う熊。

その全身を、凜は氷漬けにした。その隙に、ミューラは大きく距離を取る。

こんなもの、壊されて当然というのが凜の気持ちだ。むしろ、どう対処するのかを見たい、という思いが強い。

案の定、氷が溶け始め、ヒビが入る。

そこそこに強度のある氷になったはずだが、これではダメなのが分かったのも収穫だ。

ついに熊を覆った氷が砕け散る。

その全身からは炎が噴き出していた。

「なるほどな……全身に炎をまとうタイプか……殺意が高いことだな」

ここまでのやり取りでは、互いに決定打はもちろんゼロ。

太一が戦った熊のキメラは痛痒(つうよう)に強く、攻撃を受けた痛みを怒りと攻撃性に変換するような設定がされているのではないかと考えながら戦っていたようだ。

そういった性質があるという前提で判断するのであれば、今回の熊は純粋に強い殺意を発揮するようにインプットされているのではないだろうか。

熊はやおら四本の手を地面につくと、ガフッと鳴く。

地面から炎がランダムに噴き上がった。

見境の一切ない攻撃。

キメラの操縦者である術師や中年の女には当たってはいないものの、炎自体が高温なため、余波だけでも熱そうである。

どこから炎が噴き出すか、予兆を把握することはできる。しかし細かい動きは身体がついていかないので回避は難易度が高い。

精霊魔術による身体強化でなければ回避は難しい。

ならば、防ぎきる。

三人はそれぞれ氷、土、風で結界を作り上げて攻撃を回避した。

結界を解除しようとしたミューラだが、咄嗟に思い直したようだった。

『Ｇｕｇａａａ!!』

熊の爪が迫っていたからだ。

岩の結界。その一部が強化されたのが分かる。

結界が破壊され、ミューラの痩躯が吹き飛んだ。

「ミューラ！」

「大丈夫よ！」

直撃に見えた。

しかし吹き飛びながら体勢を整えたミューラは、軽やかに着地した。外傷もなく、特に痛みを我慢している様子もない。

どうやら威力は結界で完全に相殺させることができたようだ。吹き飛んだのではなく、自分から後ろに跳んだのだろう。

思わず凛が声を出したのも仕方のない光景だった。

心配は後だ。

無事ならばいい。目をそらせない敵が、目の前にいるのだ。

（……距離が一番近かったのは私。でも、ミューラを狙った）

考えられるのは、自分を傷つけた者を執拗に狙う、ということか。

実際、ダメージを与えたのは今のところミューラの剣だけだ。

風による視覚の妨害、氷漬けによる動きの阻害は、ダメージがなかったので攻撃とはカウントされなかったのだろう。

ならば、害意の高い攻撃を。

残魔力量と相談しながらになるので、長引かせることはできない。

ミューラをメインに狙いながらも、隙あらば凛とレミーアを殺そうと攻撃を繰り出す態の攻撃を、どうにかいなし、回避しながらも考える。ヘイト管理という意味では、前衛のミューラが多く受け持つのが正しい流れなのだが、彼女もまた、そう長い時間戦線の維持はできない。

凛は次の攻撃で痛手を与え、次の次でとどめという流れを組むことにした。

レミーアとアイコンタクト。同様の考えであったようで、二人でうなずく。

本当なら出会い頭に一撃で、というのが理想。そうしたかったが、あまりに危険ということで見送られたのだ。リスクを取ることを恐れてはいけないが、それはリターンが釣り合っていればこそである。

「当たらなければ意味がないもんね……」

相手がどれだけ速く、どれだけ身のこなしが優れるか。

相手の回避能力はどの程度なのか。

また、自分たちの攻撃の命中精度はどうなのか。

それらに確信が持てるまでは、なるだけ温存する必要があった。

まだまだ、数発撃ったら魔力切れでダウンが免れない状態なのだ。

回避の際は空中に跳ばないように気をつけつつ、一瞬熊の意識がミューラに強く傾いたのを見逃さずに認識することができた。

凛とレミーアは示し合わせたように大きく距離を取る。

このフロアの広さという恩恵を十分に生かすために。

位置関係はミューラと熊を頂点に、いびつな三角形を凛とレミーアで構築した形だ。

即座に攻撃準備。

『エアロスラスト』

レミーアが一拍速く風の魔術の準備を終えた。

あとは撃つだけ、その一瞬の間。

続けて、凛。

『フリージン……』

グランス、と続けようとして、出来なかった。

何と、熊が凛の目前まで迫っていたからだ。

その巨体の向こうでは、ミューラが虚を突かれていた。まだ追撃すらできていない。

レミーアもまた、目を見開いている。

信じられない。

これだけのスピードを出せるとは完全に想定外だ。なんせ、彼我の距離は五〇メートル以上離れていたのだ。

このキメラの身体能力を考えれば、五〇メートル程度ならば一足飛びは可能だ。だが、ここまでの速度は出ないはず、だったのだ。

見れば、熊の左足は半分ちぎれており骨が見えている。

また後ろを向いた山羊(やぎ)の口もなかば吹き飛んでいる。

左足を犠牲にして爆発力を高め、ミューラの不意を突く。

ついで山羊の口に溜めた炎を爆発させて推進力に変換し、凛に接敵した。

その結果自傷というかたちで自身も少なくないダメージを負うが、その見返りに凛が死目前に追い込まれている。

状況から考えられるのはこのくらいか。

そして、これらのことから、思い違いをしていたことに凛は気付く。

そう、この熊のキメラは殺意が高いのでも、痛みを与えてきた敵に対して執拗になるのでもない。

敵を殺すためには、どこまでも狡猾になれる。

その副次的効果として、殺意が高く、執拗に見えたのだと。行動の全てが、敵を謀るための布石。

一人を倒せれば、戦いが有利になると考えたのか。その考えは正しい。三人のうち誰か一人でも脱落すれば、戦闘は非常に厳しいものになる。左足などの傷を加味してもだ。

レミーアの方が凛よりも熊に近かったのだが、だからこそより遠い凛を狙ったのだろう。遠ければ大丈夫、という点を突くために。

太一は言っていた。特殊能力も身体能力も脅威だったが、何より厄介だと感じたのは、敵わないと分かれば何の躊躇もなく自爆を敢行して道連れにしようとした、その性質だと。

本当ならば、こんなじっくり観察している余裕はないのだが、凜には時間が遅く流れているように感じていた。

そして、死が避けられそうにないこの状況。

打開策は、ひとつだけ思いついていた。

うまくいくかは分からない。

うまくいかなければ死。

何もしなければただ殺されるだけだ。

それにもしうまくいけば。

（精霊憑依……）

真横に迫る熊の爪を一瞥し、そう念じる。

『氷化……』

防御のための結界か、凜が氷に包まれた。

その声と同時に、熊のキメラは、鋭い爪を振り抜いた。

氷が舞い散る。

「リ――！」

「……！」

ミューラとレミーアが声を出す暇もない。

完全に仕留めたと思った熊が、口の端をにやりと上げた。

胴体を完全に微塵（みじん）にしたと確信したかのように。

「やった‼」

「ざまあみろ！」

術師たちから声が上がる。


「大丈夫……っ！」

凛の声が洞窟内に響いた。

『Ｇｕｇａ⁉』

「……は？」

完全に仕留めたはずだった。

そう思っていた熊のキメラは、凛の声が聞こえたことに、驚きのあまり完全に硬直してしまった。

熊だけではない。術師たちも、中年の女も、ミューラもレミーアもだ。

粉砕されたはずの氷が再生し、凛の姿が現れる。

五体満足、身体中血が流れているが、両手足を失った様子もないし、胴体もくっついている。あの熊の一撃は、血だらけになる程度で済むレベルの攻撃ではなかったのに。

その瞬間、フロアには時が止まったかのような光景が広がっていた。

音が消える。誰も動かない。

間違いなく、死んだはずだったのだ。

そして、止まった時間を動かしたのは、ミューラだった。

『ドライブステーク！』

『Ｇｕｇｏａａａａａａａ!!』

地面から極太の金属の杭が生え、熊の胸元から後頭部を串刺しにした。

その勢いたるや、熊の足が完全に地面から離れ、巨体が地面から二メートルの位置にまで持ち上がるほど。

そう、当てられるかどうかが一番の焦点だった。

止まっている相手ならば、当てることなど問題にならない。

巨体を浮かせるほどの勢いはなくとも、この熊を貫くことは出来た。

過剰な威力になったのは、凛が殺されたかもしれない、という形容しがたい気持ちがそのまま攻撃に乗ったからだ。

あとの消耗など考えずに放てば、こうもなろう。

まだ息がある熊だが、即座にとどめの一撃がやってきた。

風の刃が、熊の首を刎ねたのだ。

そう、既に準備が終わっていた、レミーアの『エアロスラスト』である。

こちらはミューラのように感情に流されることなく、必要と思った威力に沿って放たれていた。

ゴトンと落ちる熊の首。

それが、戦闘終了の合図だった。

よって、レミーアにはまだ幾ばくかの余裕が残されている。

「リン!!」

そんな彼らを尻目に、ミューラが凛のもとに駆け寄る。

氷を解除した凛がその場所に立っている。

次の瞬間、彼女の身体はぐらつき、倒れそうになった。

それをミューラが抱き留める。

「ねえ、大丈夫なの!?」

「大丈夫だよ……色々と反動はあるけど、平気……」

ぶっつけ本番の精霊憑依。

そして、やったことのない身体の『氷化』という技。

ずっと思いついていたことだった。

自分の身体を氷にしたら、攻撃を無事やり過ごせるのではないかと。

精霊憑依は使い手の発想次第だと言っていた。

ただ、あまりにもリスクが高すぎて試すこともできていなかった。

まさか、こんな形で有効性を実証することになるとは。

一方、抱き留めているミューラはそれどころではない。

何せ、凛は全身から出血していて血だらけなのだ。

言葉もかわせているし、確かにぬくもりはあるので、生きているのは間違いない。

しかし、とてもではないが、平気なようには見えなかった。

痛みに耐えかねたのか、ほどなく凛が気絶する。

気絶でよかったと、目の端に浮かぶ涙を拭うのも忘れ、ミューラは凛の負担にならないよう、その存在を確かめるように抱きしめた。

「ばかな……」
「こんな、ことが……」

熊のキメラが倒された。

ありえないことだった。

満を持して投入した最終兵器だったのだ。

これで敵を倒し、一矢報いるはずが。

しかし、三人のうち一人は戦闘不能、もう一人は倒れた少女を介抱している。

今はチャンスなのではないか。

自分たちにはもはや破滅しか残されていない。

だが、ただ破滅してやるつもりはない。

共に往く人数は、多い方がいいのだ。

「動くな」

術者たちの足下に、風の刃が撃ち込まれた。

その威力、その鋭さ。

キメラを相手にしていた時よりは数段落ちるが、それでも、彼ら彼女らにこの魔術の対処は不可能だ。彼らは確かに呪いという強力な力を操れる。しかしそれは、魔術のように即効性があるものではない。じわじわと時間をかけて対象に浸透させていくものだ。

「おとなしく従うのが賢明だぞ。捕えるのは、別に貴様らである必要はないのだからな」

研究者たちは動けなかった。中年の女もだ。

その通りである。

この場所には来ていない者たちがまだ奥にいるのだ。

彼らは避難の準備だけはしているが、避難経路はふさがれている。

洞窟を降りていった先、海から船で逃げねばならない。

リヴァイアサンがいるのだ。海から逃げるなど不可能というものである。

そもそも避難経路も、一応というレベルで設けたに過ぎない。本来ならばここは人類未踏の地。人が来ること自体、まず考えなくても良さそうだからこそ、ここに拠点をつくることにしたのだから。

もはや状況は完全に詰んでいる。

彼らには言葉を発する権利すら与えられず、ただ寝かされた凛と介抱するミューラ、そして、見張っているレミーアをにらみつけることしかできない。

しばらくしてこの場所には騎士たちが押し寄せ始めた。抵抗した者をためらいなく斬り捨てる騎士を見て抵抗をあきらめ、根こそぎ捕縛されるのだった。

派手に海面が吹き飛ぶ。

とんでもない威力だ。

あの吸血鬼の真祖、アルガティ・イリジオスと同等か、ともすればそれ以上かもしれない。

今の攻撃ひとつとっても、そう思わせるに足る攻撃力だった。

それを作ったのは、風と炎を混ぜ合わせた弾丸だった。

爆発の余波から完全に逃れてみせた太一は、精霊たちの力を借りて防護膜を張る。

その一瞬後のことだった。

太一を中心にすさまじい火球が生み出される。

その火球は圧縮されて爆発。

しかし、水の防護膜、風による熱遮断、金属のシェルターの三重の防壁は破れなかった。

黒煙から太一が無傷で現れると、仮面の男は愉快そうに笑った。

「ヒッハハ！　やるじゃないか！　ならこいつはどうだ！」

無造作に炎がばらまかれる。

太一はその機動力でもって全ての炎を回避し、仮面の男に接近する。

「はあっ！」

「くそがっ！」

太一の拳が前腕で受け止められる。

加減などしていない。

風のスピードに土のパワー、そして水によるエネルギーの内部浸透。

その全てを合わせた一撃だったのだが、完全に受け止められた。

「失せろ！」

「ちっ！」

仮面の男と太一の間で空気が炸裂し、太一は強制的に距離を取らされた。仮面の男も吹き飛んだので、かなり開いている。

ただ距離を取らされるのも芸がないので、金剛石で作り出した槍を五本、仮面の男に向けて連続で放った。

「そりゃあ熱に弱いやつだなぁ！」

もちろん、ミィの力で作った槍を、普通に熱しただけではどうにもできない。

しかし仮面の男が放った炎は、ミィの槍を燃やしてしまう。

そうなればダイヤモンドも形なしだ。仮面の男に届く前に跡形もなく消えてしまった。

「オレのサラマンダーの炎にゃ耐えられねえよ」

サラマンダー。

炎のエレメンタル。

つまり、この仮面も召喚術師ということだ。

精霊魔術師の線も考えられるが、仮に太一が精霊魔術師として火のエレメンタルと契約したとしても、召喚術師の太一が放つミィの金剛槍を燃やすことなど出来ない。根本的に出力が違うのだから。

やはり、召喚術師と考えるのが妥当だろう。

「ちぇっ。やっぱりな」

防がれたことに舌打ちしながら、それでも不敵に笑ってみせることで、感情をごまかす。

驚きはした。

顎（あご）が外れそうになった。

しかしそれはあくまでも内心での話。

ふざけていることこの上ないが、仮面の男の実力は本物だ。

驚くことは驚いたが、それで動きを止めることまではなかった。

いや、その表現は適切ではない。

正確には、動きを止めることはできなかったのだ。

そんな隙をさらすわけにはいかない、それだけの強者だった。

全力で驚きながらも、真剣に戦闘を続けたのだ。

だからこそこうして怪我のひとつもなくいられるが、驚愕を隙に変えてしまっていたら、今頃太一は仮面の男に敗北していただろう。

現在は、様子見の状態ながらも時折全力の攻撃をお互いに叩き込み、防いでいる形で戦闘は推移している。

ここまで戦ってきたが、仮面の男は風と炎を使ってきている。

つまり風の精霊、火の精霊と契約していることになる。

他にも契約している可能性も否定はできないが。

まだ仮面の男が隠している属性があるかもしれないので、太一はそちらへの警戒も解いていない。

じっと目をこらしてみる。

ぼんやりと、二柱の輪郭が見えた。

それぞれ薄い緑の光と、薄い赤の光をまとっている。

それらが風の精霊と炎の精霊なのは間違いない。

「チッ。やっぱムカつくぜ。お前は三柱と契約してんのか」

ふと、仮面の男が手を止め、苛立たしげに吐き捨てる。

先程までは、太一から全力の攻撃が飛んでくることに喜悦の表情を浮かべていたが、今は一転、不快そうだった。

ある程度の威力の攻撃に時折混ぜている全力の攻撃。

このことから、太一が様子をうかがっているだけで手を抜いていないことは仮面の男も分かっているのだろう。実際仮面の男も同じようなものであることだし。

戦況は互角。一方が有利にも不利にもなっていない。

互いの思惑が作り出した膠着状態。

束の間であろう空白の時間。

そこで、仮面の男は不満を口にした。

太一がシルフィ、ミィ、ディーネと契約していることが気に食わないらしい。

契約している精霊の数が気に入らないということは、仮面の男が契約している精霊は太一よりも少ないのだろう。

姿は見えないし、名前も口にしていないので、どんな精霊かは分からない。

ただ、力だけは間違いなくエレメンタルに匹敵する。

エレメンタルとそれ以外には明確な格の違いが存在することは、誰より太一自身がよく知っている。

「そういうお前は、二柱なのか」

「ああそうだよ。クソ、お前に劣ると思うと虫唾が走るぜ」

地面を蹴るような動作。

本当に悔しいらしい。

そしてその悔しさは、太一が気に食わないという悪感情から出ているものだろう。

「なんだ、オレが下だと分かって良かったな？」

「そんなこと思ってないから安心しろよ」

下手に暴発されてはたまらないので、少しなだめる方向に出る。

そして、仮面の男が契約している精霊が二柱だったからといって、なめるつもりは毛頭なかった。なので、今の言葉は本心だ。

契約精霊が多ければ手札がそれだけ増える。

それは純粋に戦闘力アップにつながるだろう。

では、例えばトリプルマジシャンがクアッドマジシャンに実力で劣るのか。

まったくそんなことはない。

実例が近くにいるではないか。

そう、レミーアと凛である。

確かにもともとのスペックの差はあるだろう。

（仮に、手札の数でスペックの差が埋まってるとする……）

凛はレミーアとの模擬戦闘で一度も勝ったことはない。

スペックで互角であれば、後は技術力、経験値、洞察眼、戦術、心構え、知識……ありとあらゆるものが判断基準になる。

レミーアにはない現代の知識が、凛にはある。これは凛にとってはアドバンテージ。

けれども、それ以外のほぼ全ての要素でレミーアに劣っている。

そしてそれは、太一と仮面の男にもいえるのだ。

「けっ。どうやら、おべんちゃらじゃねえみてえだな」

「……」

太一は油断なく構えを取りつつ、沈黙をもって肯定した。

ここまで当たってみた感触を、頭の中で整理する。

（恐らく、俺と仮面じゃ、ヤツの方が魔力量は上だな。魔力強度はちょっと俺が上……いや、ちょっと程度の差しかないならトントンでいいか）

見栄を張る必要性を感じない。

ここで見栄を張って、正確な分析ができないのでは意味がない。

（んで、スペックの差は俺が一柱多い分で相殺できるとして……）

技術力。太一が多少劣るが、まあそう離れてはいない。この差が勝負を分けることもあるが、太一次第でどうとでもひっくり返せる程度の差しかない。

洞察眼。これもまあ、似たようなもの。

戦術。今はまだお互いノープランで戦っているため判断はできないので保留。

心構え。仮面の男には隙がまれにある。それは太一憎しの感情が表に出ているからだろう。今のままなら隙はないこともないので、そこを丁寧に突いて通せれば効果は見込めるだろう。が、太一は現状、そこに希望を見出すのは非現実的だと考えている。

知識。これも未知数。ダイヤモンドが燃えることは知っていたようだが、それだけでは判断ができないのでこれも保留。

そして最後、これが一番問題だ。

経験値。

ここまで軽くぶつかってみた感触では、戦闘の経験値において、太一は仮面の男に劣っている。それも、割と無視できないレベルで。

先程の心構えの隙だが、太一は割と遠慮なく突いていた。

しかしそのいずれも、仮面の男にあと一歩のところでやり過ごされてしまっていた。

こうすればこう来る。ああすればああなる。それをまるで身体で分かっているかのように。

(わざと隙を作っているようにしか思えないんだよな)

そう、つまり誘いだ。

自分には隙があることを自覚して、その上で放置する。

少し頭の回る敵ならそこを見逃さずに絶好のタイミングで突きうがとうとするだろう。

それを見抜けるのならば、敵の攻撃を分かりやすい形に誘導することも不可能ではない。

それができるだけの経験値を積んでいると思われる。

まあ、太一を憎む感情に狂っているので、そこまでは考えていない可能性もある。ただ、あまり楽観的にならない方がよさそうだ。

これらのことから。

（やべぇ……割と真面目に、俺の方が下じゃねぇか。ウンディーネがいるからごまかせてるに過ぎないぞ）

冷や汗が流れるのを止められなかった。

特に最後の経験値。これがまずい。

ここは最も顕著に差が出やすいところだ。

テニスでの凛、剣術でのミューラもそうだが、かなりの妙手をシレっと指すことがある。

あとでどうしてそんな手を思いついたのかを聞いたところ、二人とも「勘」と答えたものだ。

実力者が言う「勘」とは、積み上げた経験値を糧に無意識に導き出した「正しいであろう選択」とレミーアは言う。あくまでも無意識での判断になるので、その選択が常に高い質を保っているわけではないと付け加えていたが、太一としては理にかなっていると腑に落ちたものだ。

そもそもその選択が合っていようと間違っていようと、無意識に答えが出てくる時点で相当なものだと思う。

もちろん太一も、勘で対処することは珍しくはない。

目まぐるしく変動する状況下では、たとえ思考能力を強化していても頭でゆっくり考える暇はない。

ただ、仮面の男と太一では、その勘の質に差があるということだ。

技術は学べば向上が見込める。

洞察眼も鍛える方法はないことはないだろう。

心構えもまた改善の余地がある。

戦術も知識も学ぶことができる。

ただ、経験はそうはいかない。

机の上で学ぶだけではどうともならないのだ。

太一とて、経験の密度には自信があったが、それをもってしても仮面の男には劣ると理解したのだ。まあ、劣るからといって太一の経験が無価値になるわけではないのだが。

幾度となく拳を打ち合い、魔法を放ち合いながらも考える。

もはや、様子見もいつまでも続けられない。

仮面の男がそろそろ本腰を入れ始めたのだ。

いよいよもって、太一も全力を出さねばと改めて気合いを入れた……ところで。

「くそ、ここまでかよ。せっかく面白くなってきたのによ」

突如、大きく仮面の男が距離を取った。

これから、と思ったのは太一も同じだ。

しかしどうやら、仮面の男は距離を取ったまま動かない。

ここまで、とは、この戦闘をここいらで切り上げるということで間違いないらしい。

「パーティはこれで中断だ。撤退しなきゃいけなくなったんでな」

「……そうかい」

正直ありがたい。

その思いを表面に出さないようにするのに多少ではない苦労を要した。

「あと一回攻撃したらこの領域から強制転移だとよ。大方の目処(めど)がついたからここでのオレの役目は終わりだそうだ。しかたねぇから、こいつを最後にするぜ」

仮面の男はそう言い終わると同時に、すさまじい勢いで魔力を高めていく。

これは、太一も気を引き締めなければ相当まずい。

回避が成功すればいいが、出来なかった時の手も考えておかなければならないとなると、同様に撃ち返せる準備をするべきだ。

半拍遅れで、太一も魔力を高めていく。

「ああ、そうだ……それなりに楽しませてくれた礼に、ひとつだけ教えておいてやるよ」

「なんだよ？」

お互いに魔力を高め合うさなか、仮面の男はそんなことを言った。

「あのチビ女皇な。三〇〇年は生きてるババァだけど、ありゃあオレんとこの不老長寿薬の実験の結果だぜ」

「……！」

唐突に明かされた情報。

まさか、そんなことが。不老長寿などという……と考えて、ここがファンタジー世界であることを思いだし、考えるのをやめた。

間違いなくその薬はオーパーツだろうが、別に存在していても不思議ではないことに気付いたのだ。

「あれで実験が成功したから、試薬だったもんの効能が認められて、本格的に作られるようになったのさ。長く生きることと、長く生きても狂わねえこと。それが実証される必要があったわけよ。モノがモノだけにさすがにそう数は作れねえけどな」

なるほど、有意義な情報だった。

しかしなぜそんなことをいきなり話し始めたのか。

「オレも使ってるんだよ。不老長寿の薬ってやつをな！」

「!!……！」

顔は分からないものの見た目や声から、太一とそう年は離れていないと思っていた。しかし、二人の間に横たわる経験値の差。その理由が、分かったような気がした。

「さぁて、無駄話は終わりだぜ」

仮面の男がかざした手には、巨大な火球が生み出されていた。

太一が選択したのは水属性。

気休めのつもりで炎への対抗魔法として選んだ。

ゲームなどでは水は火に強い、という設定がされていることが多い。ただ、この世界では術者の力量次第で相性差などどうとでもなるので、必ずしもそうはならないのだが。

「さあ、喰らえ！」

仮面の男が火球を放つ、その直前。

（なんだ……今……）

太一は違和感を覚えた。はっきりと、捨て置けない何かがあった気がしたのだ。

しかしその原因を探る暇は、今はない。

迫る火球に対し、太一もまた圧縮した水の塊を撃ち出した。

二つの魔法は中間地点で激突。

そのまま爆発した。

太一の視界が真っ白に染まる。

まるで巨大爆弾でも炸裂したかのような爆発の規模。

召喚術師同士が術を撃ち合うとこうも威力が高くなるのか。これは、太一をして初の経験だった。ふさがれる視界。目を焼く閃光。襲い来る爆轟。全身を打つ衝撃。

その全てに耐えるため、太一は念入りに防御を施した。

やがて爆発が収まる。

すると互いの魔法が相殺し合った瞬間に転移が行われたのか、既に仮面の男の姿はどこにもなかった。

周囲を見渡しても、気配を探っても、付近の領域にはいないという結論になるだけ。

「くそ、とんでもないやつだったな……」

このままでは勝てない。

スペックに加えて経験値などの差が大きい。

仮面の男は勝負は預ける、と言った。

つまりまた戦うことになるのだろう。

その時までに、太一は更なる実力向上と、火のエレメンタルとの契約をしなければ。

仮面の男からふっかけられた戦闘だったが、向こうの都合でここを去って行った。

太一はそれに救われたかもしれない。

まさか召喚術師になってまで、あれほどの敵がいるとは思わなかった。アルガティ以上かもしれない。

再戦は避けて通れないと、太一の勘がそう言っている。

凛、ミューラ、レミーアが現状に危機感を覚え、限界突破に挑んだ。

太一はウンディーネと契約したことで更なる戦力アップをしたことで、心のどこかで油断していたのかもしれない。

鈍色の空にたち上る黒煙を見上げながら太一は思う。

限界突破は、太一こそが挑まなければならないのかもしれない、と。

周辺を念入りに探索したが、仮面の男を見つけられなかった太一は、しばらくして島に帰還した。

空から着地した太一が見たのは、騎士たちに連行される術師らしき者たち。

海面から顔を出すリヴァイアサン、ティアマト。その二頭に付き従う小柄な竜。

そして、手近な兵士に案内を頼んで仲間が身体を休めている部屋にたどり着く。

室内にいたのは、レミーア、ミューラと、医師らしき者の診察を受けている凛だった。

どうやら、作戦は概ね成功したようだ。

まずは、一番気になること。凛の容態である。

簡易寝台に寝かせられている凛。彼女の様子を見ているレミーアとミューラが悲しんでいる様子がないため、ひとまず差し迫ったことはないと判断。ウンディーネからも命に別状はないと聞いたので、特に慌てる必要はなかったのだ。

「凛はどうしたんだ？」

「む、戻ったか」

声をかけられ、レミーアが太一に気付いた。

「傷もふさがってて、眠っているだけ。今はイルージア陛下のご厚意で宮廷医師に診察してもらってるわ」

「そっか」

凛の着衣には、おびただしい量の出血の痕跡。

痛々しいことこの上ない。

「身体に傷跡が残ることもないそうだ。高級魔法薬を惜しげなく投与してもらえたからな」

シカトリス皇国のために身を粉にして働いたのだからこの程度のものは当然と、イルージアが言ったそうだ。

何せ、この地での人的損害はゼロだったのだ。かかった費用と言えば、遠征費のみ。それが出費として痛くないとは言わない。しかし、イルージアが連れてきた騎士も兵士もいずれも精鋭揃い。人を育てるには相当な時間と金がかかる。彼らを失ったかもしれない可能性を考えれば、魔法薬の一〇個や二〇個、まったく惜しくなどなかった。

「それで、なんでこんなことに？」

太一はそれを聞いた。外傷が残らないのはいい、命に別状がないのもいい。なぜそうなったのか。それが気になった。

「キメラの即死級の攻撃をどうやっても避けられない状況になったのよ。そうしたら、リンを氷が包んで、その氷を熊が破壊したわ。両手両足はおろか、胴体部分が完全に吹き飛んでもおかしくない攻撃だったわ」

「あれは私もダメかと思ったな。しかし、リンは無事だった。身体から出血こそしているものの、手足すら失わずに五体満足で立っていたさ。さすがに、仕留めたと思った獲物が無事だったのにはキメラも驚いたのだろうな」

聞けば、殺意が高く狡猾な熊のキメラだったらしい。見た目は太一が戦った熊のキメラと同じ特徴だったが、その性質と特殊能力は別物だったようだ。

ともあれ、その氷をまとったことで、キメラの致命攻撃をやり過ごせたのか。

その対価として、全身から出血し、気を失ったと。

簡単な顛末はそんなところとのことだった。

『精霊憑依の対価ですね』

ウンディーネが言う。

「精霊憑依か……」

『ええ。リンさんに与えられた特殊な力。召喚術師よりも希有な、世界でただ一つの能力。まだ使いこなせていないので、反動があるのです』

「なるほどな……」

これについては聞いていた。

精霊魔術以上に使えていないので、実戦どころか訓練すらままならないと。

使ったらどうなるか、その実例を見せられれば、なるほどと納得するしかない。

非常に強い力。

現に死が免れないところから、それを切り抜けることができるだけのポテンシャルがある。ただ、使うたびに出血し気を失ってしまうのでは、カードとしては奥の手にしかなり得ない。

それを使わざるを得なかったところが、厳しい戦いだったことを物語っている。

けれど。

「いや、何はともあれ、無事で良かったよ」

そう。

結局それが一番大事だ。

確かに心配だが、止めるつもりがない以上、太一にできるのは無事に帰ってくると信じる、それだけだ。

そしてこの局面になって改めて、太一もまたちゃんと帰れるようにしようと心構えを改める。

「で、それ以外のこともうまくいったんだな」

「ああ……む、来客か」

部屋がノックされた。

このタイミングでなら、想定されるのはイルージアによる太一の呼び出し。しかし、あの女皇のことである。自ら足を運んできたことも考えられる。

「どちら様です？」

「予である。入るぞ」

「陛下。……どうぞ」

扉を開けると、そこに立っていたのはやはりイルージアだった。

「良い、礼は不要である。そのまま楽にせよ」

フットワークが軽い。それはいいことだが、彼女の立場からすると良すぎるのも考え物である。現に護衛であろう騎士もやや頭が痛そうにしていた。

太一の帰還を知ったイルージアが、わざわざこの場所に足を運んできた。

もちろん、太一の方から報告に行くつもりだった。

付き従うのは騎士二名と侍従一名。この慌ただしい状況下で過剰な護衛をつけることもないようだ。

まあ、周辺にはシカトリス皇国の騎士や兵士ばかり。リヴァイアサンにティアマトも近くにいることだし、部外者は太一たちのみなので、安全なのは間違っていないのだが。

「治療が終了いたしました。あとは安静になされば問題ないかと」

「ご苦労。下がって良し」

「はっ。御前失礼いたします」

宮廷医師が手早く片付けて退室していく。

「アジト強襲作戦は無事成功を収めたが、そなたはどうであったか？」

太一が別行動したところまでは聞いているそうだ。

なので、その後の話を聞きたいのだろう。

「そうですね。俺が引き離した仮面の男。やつは召喚術師でした」

「なんだと……？」

険しさを増すイルージアの表情。

皇族として表情を取り繕うのに慣れているはずだが、さすがにこの情報ではポーカーフェイスは無理だったようだ。

「戦闘自体は探り合いの段階でやつが撤退したので、本格的な戦闘には入りませんでした。最後に一発、大きいのを撃ち合ったくらいで」

「ああ、はるか遠方の空で爆発が起きたが、よもやそれか」

「多分それです」

「そうか。いや、それはいい。それよりも、だ」

イルージアが何を聞きたいのかは分かるので、太一は報告を続ける。

「そうですね。仮面の男の強さは相当なものです。仮面で分かりませんが、声からすると年齢は多分俺と近いはずです。契約しているエレメンタルは二柱。魔力強度や戦闘技術こそ離れてないですが、魔力量と経験値はやつが上。ウンディーネと契約した分、総合力では互角程度だったかと」

正直に告げることにした。

つまり、契約したエレメンタルの数が同数ならば、太一が下であると。

「そうか……」

これは思う以上に芳しくはない。

敵は撤退したが、またやってくるだろう。

それに対して、準備しなければならない。

そして、仮面の男が言った「大方の目処がついた」という言葉。これは相手に状況を推理させる余地を残す言葉なので口にしなくていい情報だ。それを言ったということで、太一が洞察した「仮面の男は理性よりも太一を憎悪する感情が優先される」という線が濃厚になってくる。

「これは、三国首脳会談をする必要があるか……」

口元に手を当て、イルージアがぼそりとつぶやく。

シカトリス皇国で対処出来る問題ではない。それはとりもなおさず、エリステイン魔法王国も、ガルゲン帝国も、単身では対処不可能ということだ。ならば積極的に連絡を取り合い、国同士で協力し合って対処すべきだ。

太一たちという、国政に携わっていない部外者がいる場所だが、イルージアは聞かれても問題ないと考えている。というよりも、太一たちが中心になっている事案なのだから、この件については重大な決定であっても隠す必要性を感じていないイルージア。でなければ、こんなところでわざわざ口に出したりはしない。

「終わりか？」

それ以上言葉を紡がぬ太一に、イルージアは確認の意味を込めて言う。

「そうですね……あ、それと」

「なんだ、まだあるのか」

「そうですね。その、陛下の不老についてですが……」

「ぬ……」

過去、イルージアはとある薬師から処方された不老長寿の薬を飲んで、不治の病から助かった。

まだ見た目通りの年齢であったことと、藁にもすがる想いから、眉唾であっても効けば儲けもの、ということで服用した。動機はごくごくシンプル。死ぬのが怖かったからだ。

結果的にイルージアは命が助かり、そして薬師の宣言通り不老となって今まで生きている。長い年月を生きることで精神が摩耗し狂うこともなく、正気を保てている。

「仮面の男曰く、陛下への投薬は連中の臨床治験だったそうです」

臨床治験。

新たに開発された薬が患者に効くのか、薬が対象とする疾病にかかっている患者に投与して、その効果を確認する実験。シカトリス皇国では、治験には国の承認が必要という法律にしているので、イルージアもよく知っていた。

「実際に不老長寿になり、精神が狂わないことの確認か？」

「そう言っていました」

「そうか」

「不老長寿薬の効能が実証されたから、仮面の男も服用していると言っていました」

「それでか。そなたと仮面とで年齢はそう変わらないだろうに、経験値に差があったのは」

「だと思います」

イルージアはもたらされた情報を吟味（ぎんみ）しているようだった。

その表情は真剣そのものだったが、特に感情の猛りは感じられない。

太一の視線が何を訴えているのか察したようで、イルージアはふっと笑った。

「実験に使われたことは腹立だしい。しかし、それで命が救われたのも事実。まあ、勝手に我が肉体を実験に使った罪と、命を救われた功績。差し引きゼロというところよな。それ以上でもそれ以下でもないわ」

「なるほど」

イルージアがそれでいいのならば太一から特に言うことはない。

「良くやった。あとは休むといい」

「分かりました」

報告は十分だったのか、イルージアが去って行く。

執務室で仕事をするのだろう。

「……またお前は、とんでもない情報を持って帰ってきたな」

「俺が望んだわけじゃないって」

「それは分かっているさ」

太一よりも上の召喚術師がいる。

それはどう考えても明るい情報ではない。

「大丈夫……じゃないわね」

「そうだな。何かしらの対策は考えないとな」

さしあたっては火のエレメンタルとの契約である。

今やそれが最低条件になった。

あの仮面の男……結局名前も聞き出せなかったが、きっとまた会うことになる。

そしてその時は、戦闘は様子見ではなく本格的なものになるだろう。

それまでに何らかの手を講じておかねばならない。

しかし思い出されるのは、仮面の男の最後の攻撃。

あの時に感じた違和感だ。

状況が差し迫っているというのに、一瞬の余裕すらないというのに、どうしても捨て置けないと感じた。

それを放置したままではいけないと、思ったのだ。

(なあ、何か分かるか?)

治療も終わり、安らかに眠っている凛をぼんやりと見ながら、太一は心の中で精霊に語りかける。

『そうだね……たいちがそう感じるのも、無理ないかなって思うよ』

(どういうことだ?)

『あの仮面の子と契約してたのは風と火のエレメンタル。でも、自我がなかった』

(自我がない?)

『ええ。なぜ自我がないのかは分かりませんが、それがたいちさんが違和感を感じた理由でしょう』

三柱から説明を受けて、納得した。

なるほど、シルフィもミイも、ディーネもきちんと自我を持っている。

太一がこれまで出会ってきたエレメンタルよりも格が落ちる精霊たちも、自我を持っていることがほとんどだった。

しかし、仮面が契約している精霊は、エレメンタルと同格だと思われる。姿が見えなかったので証明はできないが、太一と魔力資質同レベルで互角の戦いができるのなら、エレメンタルしかあり得ないだろうからだ。

なぜエレメンタルクラスの精霊に自我がなかったのか。

そんなことができるのか。許されるのか。

考えても答えは出ない。

けれども、シルフィたちが心配そうにしているのを見ると、少なくとも良くないことであると分かる。

目の前にいない精霊たちのことを考えても仕方はないのだが、心には留めておこうと決める。

今は、全員こうして無事でいられたことを、喜ぶことにするのだった。


〈『異世界チート魔術師 13』へつづく〉

この作品に対するご感想、ご意見をお寄せください。

●あて先●

〒101-0052 東京都千代田区神田小川町3−3
主婦の友インフォス　ライトノベル編集

「内田 健先生」係
「Nardack先生」係

ヒーロー文庫

hヒーロー文庫

異世界(いせかい)チート魔術師(マジシャン) 12

内田 健(うちだ たける)

2020年4月10日 第1刷発行

発行者 前田起也

発行所 株式会社 主婦の友インフォス
〒101-0052 東京都千代田区神田小川町 3-3
電話／ 03-6273-7850（編集）

発売元 株式会社 主婦の友社
〒112-8675 東京都文京区関口 1-44-10
電話／ 03-5280-7551（販売）

印刷所 大日本印刷株式会社

ISBN 978-4-07-442838-0